Dedicatória

Aos meus pais, que teceram memórias maravilhosas para mim e me ensinaram, desde cedo, com suas recordações e sessões de fotos antigas, que eu tenho uma história. E aos professores, pesquisadores, museólogos, arqueólogos, restauradores, bibliotecários, escritores, pintores, poetas, compositores, contadores de histórias e todos aqueles que, de uma forma ou de outra, fazem viva — e consciente — a memória do Brasil.

Copyright do texto © Glaucia Lewicki, 2019.
Copyright da ilustração © Valentina Fraiz, 2020.

Todos os direitos reservados. Nenhuma parte desta obra, protegida por copyright, pode ser reproduzida, armazenada ou transmitida de alguma forma ou por algum meio, seja eletrônico ou mecânico, inclusive fotocópia e gravação, ou por qualquer outro sistema de informação, sem prévia autorização por escrito da editora.

Projeto gráfico e diagramação: Dorotéia Design
Ilustração: Valentina Fraiz (Anêmona Estúdio)
Revisão: Barbara Benevides, Fátima Couto e Arnaldo Arruda

1ª edição em janeiro de 2021

CIP-BRASIL. CATALOGAÇÃO NA PUBLICAÇÃO
SINDICATO NACIONAL DOS EDITORES DE LIVROS, RJ

L651p

    Lewicki, Glaucia
       Pedro e o portal / Glaucia Lewicki ; ilustração Valentina Fraiz. - 1. ed. - São Paulo : Escarlate, 2020.

       ISBN 978-85-8382-092-5

       1. Brasil - História - Literatura infantojuvenil. 2. Literatura infantojuvenil brasileira. I. Fraiz, Valentina. II. Título.

20-62888

CDD: 808.899282
CDU: 82-93(81)

Meri Gleice Rodrigues de Souza - Bibliotecária CRB-7/6439
11/02/2020   17/02/2020

Este livro segue o Novo Acordo Ortográfico da Língua Portuguesa.

Direitos reservados para todo o território nacional pela
SDS Editora de Livros Ltda.
Rua Mourato Coelho, 1215 (Fundos) — Vila Madalena — CEP: 05417-012
São Paulo — SP — Brasil — Tel.: (11) 3032-7603
www.brinquebook.com.br/escarlate — edescarlate@edescarlate.com.br

PEDRO e o portal

Glaucia Lewicki
Ilustração: Valentina Fraiz

1ª edição

Sumário

1 — O misterioso buraco de luz e névoa **7**

2 — Contratempos de uma viagem no tempo **12**

3 — O ousado, o parvo e o astuto **15**

4 — Um desejo de aniversário **19**

5 — Entre múmias e lagartos **22**

6 — Boas resoluções e uma péssima notícia **26**

7 — Vinte milhões de pedaços
(e um imperador) perdidos **29**

8 — Minha casa, minhas regras! **34**

9 — Meninos **39**

10 — Oi?! **44**

11 — O primo português **50**

12 — O efeito Marty McFly **55**

13 — Deus salve o rei! **61**

14 — Menino do Rio **66**

15 — Independência ou morte! **72**

16 — O império contra-ataca **81**

17 — Atividades suspeitas **88**

18 — O rapto do menino dourado **94**

19 — No tempo da coragem **99**

20 — O movimento do Ipiranga **104**

21 — No Palácio de Verão **111**

22 — O jardineiro fiel **118**

23 — Sua Majestade, o rei Henrique Afonso I **123**

24 — Uma incrível nação **129**

25 — A roupa nova do rei **134**

26 — A placa que não estava em seu lugar **141**

27 — Chegadas e partidas **146**

28 — E o resto é história... **150**

Epílogo **155**

O misterioso buraco de luz e névoa
Domingo, supostamente 2 de setembro de 1822

— ... sete, oito, nove, dez...

O som da voz do irmão mais velho estava ficando cada vez mais distante para Miguel. O menino se afastava depressa, buscando um lugar para se esconder. Não que fosse difícil. Moravam em uma casa enorme. Não era tão grande como suas outras casas, mas era bem grande. O melhor que conseguiram encontrar naquela cidade do outro lado do Atlântico.

Sua mãe detestava o novo lar. Mas isso não era novidade. Ela detestava o país inteiro: cada grão de areia das praias, cada folha das bananeiras dos quintais, cada tijolo das casas — a maior parte delas branca como a neve que jamais caía ali.

Seu pai achava que havia sido uma grande ideia se mudar, às pressas, para aquele lugar quente e estranho, repleto de animais bizarros e plantas exóticas. Mas a verdade é que Miguel não sabia se o pai gostava mesmo dali.

Sua avó... Bem, era difícil saber se sua avó tinha ideia de onde realmente estava.

Já seu irmão adorava tudo: o sol quente e brilhante, o céu quase sempre azul, os tons de verde variados das árvores. Gostava também das pessoas alegres e da música vibrante. Ah, como o irmão gostava de música! Miguel era mais quieto e preferia o silêncio. Quanto às irmãs... Quem se importava com o que as meninas pensavam?

A contagem feita pelo irmão já não podia ser ouvida quando Miguel entrou em uma das salas. Por um instante, seus olhos buscaram um esconderijo. Escolheu a cortina de veludo. E atrás dela ficou, com a respiração quase suspensa.

Poucos minutos depois, o tédio tomou conta do menino. Embora o combinado da brincadeira fosse usar apenas o segundo andar da casa, ainda assim levaria tempo para ser encontrado. Um barulho diferente, porém, cortou a monotonia.

Com muito cuidado, Miguel espiou pela fresta da cortina. Havia agora um buraco no chão da sala, cheio de luz e névoa, emitindo um som que parecia vir das entranhas da Terra. Quase o mesmo som que seu estômago fazia quando queria comida.

De repente, três homens saíram de dentro do buraco, como se estivessem emergindo de um lago. Miguel não sabia o nome das roupas que usavam — macacões —, mas lhe pareciam estranhas.

Mal saiu do meio da névoa, um deles começou a tirar a roupa esquisita. Por baixo dela, usava algo semelhante ao de qualquer homem bem-nascido do tempo do garoto: calções, camisa branca, colete e casaca de veludo.

O cavalheiro, como o menino apelidou-o em sua cabeça, era meio louro, de olhos claros. Os outros dois homens eram diferentes dele. Tinham cabelos e olhos escuros, por trás de óculos de aros redondos idênticos.

— Deu certo! — comemorou um dos homens de macacão. — Estamos no Palácio de São Cristóvão! Agora é seguir com o plano. Tem tudo o que precisa para ficar, Sebastião?

O cavalheiro louro apalpou os bolsos da casaca.

— Dinheiro... A carta falsa... Sim, tudo o que eu podia trazer comigo está aqui.

— Tenho que admitir: é mesmo um plano impressionante.

— Sim, meu caro Fernando: nada de correr para São Paulo e tentar impedir o Grito do Ipiranga. A Independência do Brasil foi assinada aqui, entre as paredes desse palácio, pela futura imperatriz Leopoldina. E será aqui que começaremos a resgatar a glória do grande império ultramarino português.

Feito o discurso, o cavalheiro ergueu a manga da camisa e consultou as horas.

— Bem, é hora de agir — disse ele, retirando o relógio do pulso e entregando-o ao outro homem. — Fique com isso, Álvaro. Nessa época, os homens só usavam relógios de bolso.

Álvaro guardou o relógio de pulso no bolso, como se fosse uma joia preciosa, e perguntou:

— Você vai mesmo conseguir viver no século XIX, Sebastião?

— Serão apenas alguns dias. O suficiente para manipular os acontecimentos e impedir que a verdadeira carta de Leopoldina chegue ao seu destino. Vejo vocês neste mesmo local, na manhã seguinte do dia 7 de setembro. Se tudo der certo, esse dia passará a ser como outro qualquer na história do Brasil.

Os outros dois confirmaram o compromisso com um movimento de cabeça. Eles estariam ali, sem falta, na data marcada, para resgatá-lo.

O cavalheiro louro checou sua aparência em um espelho e dirigiu-se à porta. Antes de deixar a sala, porém, voltou-se para as figuras idênticas e declarou solene:

— Um pequeno passo para o homem, um grande salto para a glória de Portugal. Adeus, amigos. Obrigado por me acompanharem até aqui. Pela glória lusitana, amigos!

— Pela glória! — repetiram os outros dois.

A porta se fechou atrás de Sebastião.

No chão, a névoa se revolvia pelo buraco como uma serpente que devorasse a própria cauda.

Os homens de aparência igual examinaram os arredores, por alguns minutos, curiosos. Atrás da cortina, Miguel mal respirava.

— Você acha que o Sebastião vai conseguir mudar a história do Brasil? — indagou Álvaro, contemplando o assoalho enevoado.

— Um passo de cada vez. Por enquanto, tudo que ele tem de fazer é trocar a carta que Leopoldina envia a dom Pedro. Mas, falando em passos, é bom caminharmos de volta ao nosso tempo. Pelos meus cálculos, o portal se fechará em...

Um espirro cortou o que ele dizia.

— Saúde, Álvaro.

— Não fui eu. Foi ele — esclareceu o companheiro, apontando para um menino parcialmente escondido atrás de uma cortina.

Limpando a garganta, surpreso, Fernando tentou estabelecer contato:

— Eu... Ahn... Olá! Você deve ser um dos filhos de Leopoldina, certo?

Miguel sacudiu a cabeça, negando, de olhos arregalados.

— Leopoldina não tinha filhos dessa idade em 1822 — lembrou Álvaro.

— É verdade! Mas você sabe quem é Leopoldina, certo, garoto?

Miguel fez que não, de novo, mais ressabiado do que antes.

— Ele deve estar assustado — justificou Fernando. — É claro que ele sabe quem é Leopoldina. Hoje é dia 2 de setembro, não é?

Miguel fez que sim, ainda mudo. Os homens sorriram. Que alívio! Mas o sorriso logo desapareceu de suas faces quando o menino falou pela primeira vez com eles:

— Hoje é dia 2 de setembro do ano da graça de 1810.

Os visitantes misteriosos, chocados, deram um passo para trás.

— 1810?!

— Como pode ser isso?!

Miguel deu de ombros. Como podia ser isso? Ora, apenas era. Não conseguia compreender por que os dois estranhos achavam que deveriam estar em 1822. E, muito menos, por que desejavam encontrar essa tal de Leopoldina.

— Precisamos voltar para 2018, Álvaro! — decidiu Fernando.

— E Sebastião? Temos que lhe avisar que erramos...

— Sebastião já deve estar longe daqui! Não temos tempo de procurá-lo e avisar do engano, ou ficaremos todos presos em 1810!

— Tem razão! Vamos voltar e reprogramar a máquina para tentar encontrá-lo.

Para estupefação de Miguel, os homens saltaram para dentro da abertura no chão de onde haviam saído mais cedo.

Por alguns instantes, o menino ficou paralisado, vendo a névoa serpentear pelo assoalho, mudando de cor. Os sons que pareciam vir do interior da Terra ainda soavam, como se o buraco fosse algo vivo. Então, despertando do seu estupor, saiu correndo. Precisava mostrar aquilo ao irmão mais velho.

Pedro saberia o que fazer. Ele sempre sabia.

Contratempos de uma viagem no tempo
Domingo, 2 de setembro de 2018

Naquele final de tarde, havia um círculo repleto de névoa emitindo sons estranhos e luzes coloridas no chão do Museu Nacional — o mesmo palácio onde o menino Miguel havia morado com sua família havia mais de duzentos anos.

Dois homens magros, trajando macacões e óculos de aros redondos, aguardavam pela volta de dois companheiros que atravessaram o Portal do Tempo. Um deles ficaria por alguns dias no passado. Por isso ninguém estranhou quando apenas duas cabeças e dois pares de braços surgiram em meio à fumaça.

— Correu tudo bem? — perguntou um dos homens que ficaram no museu.

— Cometemos um engano terrível, Alberto! — anunciou Álvaro, ficando de pé.

— *Ricardo* cometeu um engano! — corrigiu Fernando, soltando raios pelos olhos na direção do quarto integrante do grupo.

Ricardo brincava de iluminar as paredes, refestelado no trono que havia pertencido a dom Pedro II. Ao ouvir a acusação do companheiro, largou a lanterna, que rolou acesa pelo chão, e cruzou os braços, emburrado.

— Eu?! Programei tudo certo. Por acaso não era dia 2 de setembro?

— Sim, era!

— Então qual foi o engano? Vocês chegaram tarde demais?

— Cedo demais! — corrigiu Álvaro. — Fomos parar em 1810!

— E Sebastião? — exclamou Alberto. — Onde está Sebastião?

— Ficou no passado. Quando descobrimos que estávamos no ano errado, ele já estava longe.

— Precisamos reprogramar a máquina — declarou Fernando, de forma ríspida. — E trazer Sebastião de volta. Não podemos deixá-lo preso em 1810!

Todos os olhares se voltaram para uma pequena caixa preta no chão. Era ela que projetava o buraco enevoado no assoalho, como um pequeno canhão de luz. Antes, porém, que qualquer um deles se aproximasse dela, ouviram uma batida seca na porta.

Alberto fez sinal para que os outros se calassem e entreabriu a porta.

— Pois não?

Era um dos guardas do Museu Nacional.

— Vocês já ficaram muito tempo aí. Não chegaram nem à sala do Egito!

— Tivemos que consertar um defeito no desumidificador daqui. Estamos quase acabando.

— Infelizmente, a partir deste horário, todos têm que desocupar o museu.

— Mas...

— Terminem amanhã. Vocês terão de voltar de qualquer jeito, por causa das múmias, não é mesmo? Agora, desocupem a sala, por favor.

Alberto raciocinou. Não adiantava pedir um pouco mais de tempo. Levaria mais do que cinco minutos para resolver o problema que tinham nas mãos. E qualquer minuto a mais que ficassem despertaria a desconfiança do segurança.

— Claro... Vamos juntar o material e sair.

— Estou aguardando aqui fora. Dois minutos.

Alberto se aproximou dos companheiros e explicou, em voz baixa:

— Temos que ir embora.

— Ficou louco? — reagiu Fernando. — E Sebastião? E o plano?

— Tentaremos resgatar Sebastião amanhã. Quanto ao plano, não sei o que vai acontecer. Só sei que, no momento, não podemos mais ficar aqui.

— E o portal? Não podemos mexer nele enquanto a passagem ainda está aberta.

— Temos que deixá-lo aqui.

— O quê? Não podemos deixá-lo para trás!

— Nada vai acontecer. A passagem logo vai se fechar. Mesmo que os guardas encontrem a máquina, eles vão pensar que ela faz parte do nosso equipamento.

— Havia um menino do outro lado — lembrou Álvaro. — dom Pedro, eu acho... E se ele resolver pular para o lado de cá?

— O garoto me parecia muito novo para ser Pedro — disse Fernando. — Acho que era seu irmão.

— Ah! Se ele era mesmo Miguel, podemos ficar tranquilos — comentou Ricardo. — Dizem que era um parvo. Não se aventuraria a investigar o buraco misterioso no chão.

— Parvo?

— Não esqueceu o português da pátria gloriosa a ponto de não se lembrar mais do significado de "parvo", não é mesmo?

— Vamos deixar vocês de parvoíces! — ralhou Alberto. — Escutem aqui: o portal vai se fechar daqui a alguns minutos. Nada pode dar tão errado em tão pouco tempo, não é mesmo? Agora é melhor sairmos daqui antes que o guarda resolva nos tirar da sala à força.

Os quatro homens idênticos — tão iguais que pareciam ser uma só pessoa — saíram do museu pretendendo voltar quanto antes para recuperar a preciosa máquina deixada para trás.

O ousado, o parvo e o astuto
Domingo, 2 de setembro de 1810

Quando Pedro viu o irmão menor procurando por ele, logo compreendeu que algo muito grave havia acontecido. Miguel estava pálido.

— O que houve contigo, mano Miguel?

— Invasores... Invasores no palácio!

— Vais me dizer que os homens de Napoleão nos seguiram até aqui!

— Não... Napoleão, não... Os homens do buraco de névoa! Três... Um deles era Sebastião... Vestia casaca. Os outros estavam trajados de forma estranha. Falavam de Leopoldina...

— Tens febre? Não estás a dizer coisa com coisa!

A resposta dele foi puxar Pedro pela mão. O garoto maior pensou em caçoar do pequeno, mas desistiu. Miguel estava assustado. Talvez estivesse mesmo febril, pois tinha a mão gelada. Somente quando chegaram ao destino é que Pedro se deu conta de que o irmão não estava delirando: havia de fato um buraco enevoado no assoalho, emitindo luzes coloridas e sons estranhos, como um caldeirão de bruxa.

Sem hesitar, o herdeiro do trono se aproximou. Seu pai dizia que, às vezes, o filho mais velho era impetuoso demais para o seu próprio bem. Já sua mãe dizia... Bem, a mãe não dizia nada para Pedro. Dizia para Miguel: "Cuidado. Não se aproxime. Não toque. Não se machuque". Não era de admirar que o irmão menor fosse considerado um parvo.

Honrando sua fama de ousado e corajoso, Pedro agachou-se à beira do buraco e retirou uma espada de madeira da bainha que trazia à cintura, usada em uma brincadeira de batalha pouco antes.

Sem nenhuma cautela, mergulhou-a no buraco, onde a névoa girava como se estivesse descendo por um ralo invisível.

Para sua surpresa, a espada atravessou a fumaça sem encontrar o chão.

— Cuidado para não te queimares! — advertiu Miguel.

— Não sejas tonto! Não há fogo. Como tu mesmo o disseste ainda há pouco, trata-se apenas de uma névoa. Foi daqui que saíram os tais invasores?

— Sim. E foi para onde eles voltaram.

— Ah! Então bateram em retirada?

O menino menor fez que sim. Parecia que ia chorar.

— O que é este buraco, Pedro? E quem era aquela gente?

— Não sei. Só há um jeito de descobrir...

O buraco começou a diminuir de tamanho. Se eles desejavam mesmo descobrir quem eram os invasores e quais eram suas intenções, tinham de agir rápido. Ou melhor, Pedro teria de agir.

O herdeiro do trono mais antigo da Europa ainda não tinha 12 anos, mas já era o futuro senhor dos vastos territórios que Portugal conquistara, ao longo dos últimos séculos, em continentes como África, Ásia e América. Ninguém invadia suas terras, debaixo do seu nariz, e ficava tudo por isso mesmo.

O príncipe colocou-se de pé, brandindo a espada de madeira como se ela realmente pudesse protegê-lo. Com um grito de guerra, pulou para dentro do buraco já quase desaparecido. O último som que ouviu foi a voz fina e trêmula de Miguel gritando seu nome. Mas já era tarde.

Pedro não estava mais em 1810.

***

Quando Sebastião percebeu que estava no ano errado, voltou correndo para o Palácio de São Cristóvão. Ao chegar, porém, ao cômodo onde havia deixado para trás os companheiros e o Portal do Tempo, encontrou apenas um menino. Estava engatinhando no assoalho, como se procurasse alguma coisa.

Pressentindo o pior, Sebastião também se jogou de joelhos no piso, desesperado.

— Onde está o buraco?

— Sumiu — choramingou o pequeno. — E levou meu irmão maior!

— Seu irmão maior?

— Sim. Pedro...

— E você é...?

— Miguel — respondeu ele, limpando os olhos molhados com as costas da mão.

Os olhos claros do cavalheiro brilharam diante das inúmeras possibilidades que começaram a passar por sua mente.

— É um prazer conhecê-lo, Miguel. Sebastião d'Ávido, ao seu dispor.

Pela primeira vez o menino analisou o homem com atenção. E se surpreendeu.

— Tu és o cavalheiro!

— Sim, apesar de tudo, não deixo de ser um.

O menino analisou-o de alto a baixo, ainda um pouco ressabiado.

— Tu estavas com os homens de roupas estranhas e óculos redondos. Eles entraram de novo no buraco. Mas tu... Tu ficaste! E eu... Eu não disse a Pedro que ficaste. Esqueci-me. Tu és um homem de Napoleão?

— Por favor, Alteza! — refutou Sebastião, ofendido. — Jamais! Sou um português leal ao meu soberano. Sempre serei.

— Ótimo — aprovou o menino.

Sebastião alisou o chão onde poucos minutos antes havia uma passagem aberta para outra época.

Os companheiros dariam um jeito de resgatá-lo quando percebessem o engano... Se percebessem. Por enquanto, o cavalheiro só tinha certeza de uma coisa: estava preso em 1810. E se era para ficar preso naquele lugar, naquele tempo, que fosse como amigo do rei. No caso, do príncipe.

Ainda mais porque, na ausência de Pedro, o novo herdeiro do trono português tinha nome. E era comprido: Miguel Maria do Patrocínio João Carlos Francisco de Assis Xavier de Paula Pedro de

Alcântara António Rafael Gabriel Joaquim José Gonzaga Evaristo de Bragança e Bourbon. Dom Miguel. Que, ao crescer, se tornaria inimigo mortal de seu irmão Pedro.

Um desejo de aniversário
Domingo, 2 de setembro de 2018

Era um final de tarde preguiçoso, um daqueles domingos que não querem deixar a segunda-feira chegar.

A festa de aniversário, acompanhando o ritmo lento do dia, ainda resistia, apesar de o carvão da churrasqueira já estar se transformando em cinzas. O bolo, no entanto, ainda estava inteiro, com 12 velas brancas espetadas em cima da cobertura de chocolate, esperando para ser acesas na hora de cantar parabéns.

Os adultos, satisfeitos com a refeição, conversavam sentados em torno de mesas quadradas, cobertas com toalhas amarelas de tecido barato.

As crianças, com idades entre 11 e 12 anos, se distribuíam pelo gramado do terreno. Diversas delas mexiam nos celulares. Algumas aproveitavam o espaço para jogar queimada ou futebol. Quatro ou cinco ainda relutavam em deixar a piscina. E três delas estavam reunidas em torno de um buraco no chão.

A única menina do trio encostava o dedo, desafiadora, no peito do menino que já era quase uma cabeça mais alto do que ela.

— Tire agora a bola nova do Lipe desse buraco, Zé Vinícius!

— Por que eu deveria fazer isso?

— Por que foi você que chutou, de propósito, a bola nova para o buraco! Ela é autografada, sabia?

— Que coisa chata, Estela! Você sempre tem de defender o Marmota como se fosse a mãe dele!

— Pare de chamar o Lipe de marmota! Isso é *bullying*, sabia?

— Com ele ou com a marmota?

Estela revirou os olhos, contando até dez.

A voz da mãe de Zé Vinícius veio de longe, chamando por ele.

— Desculpe, mas eu tenho que ir — lamentou o menino maior, com uma expressão inocente. — Pena não poder ajudar...

— Cínico — resmungou Estela, entredentes.

— Deixe pra lá, Estela — falou o menino a quem a maioria dos outros garotos se referia como Marmota. — Vamos chamar um adulto para pegar a bola.

— Não precisa. Eu mesma pego.

— Não! Pode ser perigoso!

— Ficou doido, garoto? Perigoso por quê?

— E se houver um bicho morando no buraco? Uma cobra, escorpiões... Você não pode sair colocando o braço em um lugar desconhecido!

— Felipe Mota... — suspirou Estela. — Se tivesse algum bicho no buraco, ele teria saído quando a bola entrou.

— Ainda assim, é mais seguro chamar um adulto.

Estela sacudiu a cabeça, sem aceitar que estavam tendo aquele diálogo. Felipe era prudente até o ponto do inacreditável. Enquanto o amigo se afastava para buscar um adulto, ela colocou o braço no buraco e resgatou o presente do amigo.

Quando Felipe voltou com a informação de que o pai estava vindo, Estela já aguardava por ele com a bola autografada.

O garoto levou a mão aos cabelos, sem jeito.

— Obrigado, Estela. Mas você devia ter esperado um adulto chegar.

— Já temos 12 anos, Lipe. Não podemos depender dos adultos para tudo.

— Eu sei — concordou o menino, envergonhado. — Mas eu não sou como você. Eu penso muito antes de fazer as coisas. E, quando penso muito, começo a enxergar um monte de perigos.

— Que ninguém vê — completou Estela, jogando a bola para ele.

— O que não quer dizer que não existam.

— Tá, mesmo que os perigos existam... Você não pode deixar que o medo domine você. Alguns são até bem simples de enfrentar! Você deveria começar por eles.

— Medos simples? De que tipo?

— Tipo colocar a mão nesse buraco, por exemplo...

Felipe abraçou a bola, como se ela pudesse servir de escudo.

— Você podia ter sido picada por um bicho, sabia?

Estela ignorou-o e continuou falando:

— Tipo ir sozinho para a escola...

— Não custa nada minha mãe me deixar lá quando vai trabalhar.

— Tipo ir ao *shopping* desacompanhado...

— É longe! Fique a duas quadras da minha casa! Sabe-se lá o que pode acontecer em duas quadras?

— Tipo dormir na casa de um amigo...

— Isso não é medo. É prevenção. E se eu não conseguir dormir?

— Ai, Lipe! Que coisa! Fique acordado, então. Quando a gente dorme na casa de um amigo, passa a noite jogando, comendo bobagens, vendo filme ou batendo papo. Dormir é a última coisa que a gente faz!

— Eu sei que preciso me soltar mais, Estela — admitiu o menino, abraçando a bola. —Todo mundo me fala isso. E eu quero tentar, mas, às vezes, parece tão difícil!

— Eu sei. Mas tente lembrar que você não está sozinho. Você tem amigos que podem ajudá-lo.

— Lipe! — chamou o pai dele, aproximando-se. — Onde está a bola que tenho de resgatar? Ah... vocês já deram um jeito!

— A Estela deu um jeito — murmurou Felipe, alto o bastante para que apenas a menina ouvisse.

— Vamos, então, cantar parabéns! Sua mãe está procurando por você.

Alguns minutos depois, posicionado atrás das velas acesas, o aniversariante do dia fez um pedido ao assoprá-las. Mas pedir independência e coragem era mais fácil do que, de fato, obtê-las.

Entre múmias e lagartos
Domingo, 2 de setembro de 2018

Quando Pedro pulou para fora do buraco, a névoa, a luz e o som cessaram. A sala escureceu. Na mesma hora, seu pé esbarrou em um pequeno cilindro metálico que emitia uma luminosidade branca mais eficiente do que o luar que entrava pelas janelas.

Sem hesitar, Pedro tomou o objeto nas mãos. Era frio, ao contrário do que ele esperava de algo que emitia luz, como uma vela ou uma tocha. Com a ajuda do estranho artefato, o príncipe examinou os arredores.

Sabia que estava na mesma sala do palácio de onde havia saído, pois as janelas e portas se encontravam na mesma posição. Os móveis, porém, não eram os mesmos, e as paredes exibiam um requinte que não havia nelas até poucos minutos antes.

Embora todos se referissem à casa de Pedro no Rio de Janeiro como um palácio, a construção na Quinta da Boa Vista estava destinada a ser a residência de um rico comerciante libanês, não a casa de um rei.

A lembrança dos palácios de Queluz, Mafra e Lisboa deixados para trás fez o filho de dom João balançar a cabeça, sorrindo. É verdade, São Cristóvão estava mesmo longe de ser como as residências mais utilizadas pela família real em Portugal. E, no entanto...

E, no entanto, aquelas paredes eram dignas de um rei. Acima das janelas, havia coroas que pareciam esculpidas na parede, junto com elementos da mitologia grega, cabeças de leão e outros símbolos. Abaixo de cada coroa, havia uma letra P e o número dois, em romanos. P II.

Pedro tentou se lembrar dos nomes dos reis de Portugal que começavam com P. Apenas seu próprio nome lhe veio à cabeça. Mas... Pedro II de Portugal havia muito já era história. Pedro III, seu avô, também. Ele próprio, quando se tornasse rei de Portugal, seria coroado como Pedro IV. Quem seria o misterioso P II?

Ainda pensando no assunto, o príncipe passou os dedos por uma mesa que trazia a inscrição P.I. O único Pedro I que ele conhecia era um antigo rei português, famoso por ter coroado como rainha, depois de morta, a dama que amava. O episódio, famoso na história de Portugal, gerou uma expressão que havia atravessado os séculos e o oceano Atlântico, sendo bastante usada também no Brasil: "Agora Inês é morta".

Com um suspiro de impaciência, Pedro deixou as inscrições desconhecidas de lado e seguiu explorando os arredores.

Encontrou no chão uma caixa preta cheia de botões. Decidiu ignorá-la. Preferiu voltar sua atenção para uma placa que informava sua presença em uma Sala do Trono. Mas a quem pertencia esse trono? E que bandeira era essa, verde e amarela, com uma coroa?

Será que os invasores tinham se infiltrado de tal maneira no Palácio de São Cristóvão que já tinham até sua sala do trono, sua própria bandeira e um rei?

Confuso, o menino abriu uma porta. Estava escuro. Com a ajuda da tocha fria, começou a explorar o palácio, que, até aquela noite, pensava conhecer como a palma da mão.

A próxima sala em que entrou continha objetos de origem africana.

Como Portugal era senhor de muitos domínios ao redor do globo terrestre, objetos de lugares distantes não eram desconhecidos do menino. Por isso, sem se deter por muito tempo na Sala da África, Pedro seguiu adiante, chegando a um salão com diversos objetos de cerâmica.

Arqueologia brasileira, dizia a placa. Arqueologia também não era uma atividade estranha ao jovem herdeiro português, que conhecia algumas histórias sobre a escavação de Pompeia. No entanto, de onde eram aqueles objetos? Do Brasil? Havia objetos arqueológicos no Brasil? Que interessante!

Fascinado, Pedro foi passando por diversas salas de exposição. Em muitas delas havia esqueletos. Um deles, de uma mulher, que chamavam de Luzia, tinha em torno de 11 mil anos. É claro que o menino sabia que alguém habitava aquelas terras antes que seus antepassados tomassem posse delas, em abril de 1500. Mas não imaginava que houvesse vida humana havia tanto tempo no Brasil. Ou em qualquer ponto do continente americano, para falar a verdade.

Caminhando meio sem rumo, apontando a luz de sua tocha fria para as vitrines repletas de fósseis e pequenos objetos, Pedro acabou chegando a uma sala que fez com que ele perdesse o fôlego: múmias! Havia múmias egípcias naquela sala!

Quando menor, haviam chegado aos seus ouvidos notícias das incríveis descobertas das tropas de Napoleão no Egito. Histórias sobre inscrições misteriosas, indecifráveis até o momento, que chamavam de hieróglifos. Vasos, estatuetas e...

Oh, céus! Será que São Cristóvão havia sido invadido pelos homens de Napoleão para ser usado como depósito? Estariam eles guardando ali os artefatos pilhados na invasão do Egito? Mas como, se nada daquilo estava lá até pouco mais de uma hora atrás? Teriam jogado algum feitiço sobre o Palácio Real?

Pedro retirou sua espada de madeira da bainha. Com a ajuda da arma que usava para brincar com Miguel, examinou o salão egípcio, buscando invasores e feiticeiros entre os sarcófagos e vitrines. Nada.

Abriu uma porta lateral e pôde ver uma escada. Por um instante, pensou em descer por ela. Finalmente, optou por abrir a porta de uma das únicas salas que ainda não havia examinado naquele andar. Ao deparar-se com o vulto dos maiores monstros que já havia encontrado na vida, recuou alguns passos, caindo sentado.

Os invasores, de fato, haviam enfeitiçado sua casa. E agora ele, Pedro de Alcântara, futuro rei de Portugal, encontraria a morte devorado por lagartos gigantes!

O pânico, no entanto, durou pouco. Lembrando que os animais têm medo do fogo, o menino apontou a luz da tocha fria para eles.

E no mesmo tom de voz que, um dia, esperava usar no campo de batalha, comandou:

— Para trás!

Nada. Os monstros pareciam congelados. Sentindo-se tolo, Pedro ficou de pé, examinando melhor a ameaça. Ora, os lagartos não eram de verdade! Pelo menos não mais. Eram apenas esqueletos. Ou figuras coloridas. Céus! Quem teria o mau gosto de pintar quadros que retratavam lagartos gigantes?

Pedro aproximou-se do maior esqueleto da sala. Do focinho até a ponta da cauda, devia ter uns 13 metros.

A curvatura orgulhosa do pescoço lembrava uma serpe, réptil alado mitológico semelhante a um dragão e um dos símbolos da sua Casa Real de Bragança. Tinha, contudo, quatro patas, ao passo que as serpes só têm duas, pois a parte de trás do corpo delas termina em uma cauda de serpente. Será que aqueles ossos teriam pertencido a um dragão? Mas dragões não existem, a não ser em lendas e mitos, não é mesmo?

Curioso, o menino leu a placa que apresentava o animal:

Maxakalisaurus topai (Dinoprata)

Pelo jeito, os invasores e feiticeiros não tinham apenas sua própria sala do trono, bandeira e rei. Também haviam trazido seus dragões de nome esquisito que soltavam fumaça... Fumaça?!

Nascido no finalzinho do século XVIII, Pedro sabia bem o que a fumaça sinalizava: alguma parte daquela casa estava em chamas. Tinha que sair dali.

Apesar de sua casa parecer diferente, o jovem príncipe ainda sabia se movimentar ali dentro como ninguém. Sendo uma criança ativa e curiosa, conhecia as entradas e saídas do Palácio de São Cristóvão até melhor que seus pais.

A questão era se as passagens que conhecia estariam abertas para deixá-lo escapar do local prestes a ser destruído pelas chamas. Porque era isso que acontecia às moradias apanhadas pelo fogo no tempo de Pedro: casebres ou castelos ardiam igualmente até que não restasse nada... Ou quase nada.

Boas resoluções e uma péssima notícia

Ainda domingo, 2 de setembro de 2018

O paleontólogo Augusto Mota não conseguia lembrar quando havia começado a gostar de dinossauros. Seu pai dizia que havia sido por conta de uma coleção de figurinhas que vinha junto com barras de chocolate. Sua mãe apostava em um antigo programa de TV. O certo é que Augusto era o único pai que gostava mais de dinossauros do que o filho. Felipe até chegou a curtir os grandes lagartos quando era pequeno, mas nunca foi tão fã como ele.

Felipe... Onde já se viu chamá-lo para pegar uma bola que Estela resgatou sem problema nenhum? Nada contra as meninas. Não era esse o problema. O problema era o Lipe, sempre cauteloso ou acomodado demais.

Em que momento ele e Raquel haviam perdido a mão com o filho? Da mesma forma que os pais de Augusto não recordavam como ele havia começado a gostar de dinossauros, o próprio Augusto não conseguia saber quando Felipe havia se tornado tão dependente dos adultos para tudo. Ele não dava dois passos sem falar com o pai ou com a mãe. Principalmente com a mãe.

Augusto e a mulher estavam agora em seu apartamento, tentando guardar os restos do bolo e dos doces na geladeira da cozinha. Dava para ouvir, pelo barulho do chuveiro, que Felipe estava no banho. E, pela visão da toalha no varal, era óbvio que um dos dois teria que levá-la para o filho mais cedo ou mais tarde. Felipe sempre dependia deles para se lembrar de pegar suas coisas.

— Quel...

— O que foi, Guto?

— Você não acha que está na hora de Lipe se soltar um pouco mais?

Raquel estava mais concentrada em tentar acomodar o que havia sobrado do aniversário na geladeira.

— Hum? Como assim, "se soltar"? Tipo colocá-lo em aulas de dança, expressão corporal?

— Não, nada disso. Tipo dar mais autonomia a ele.

Raquel fez uma tentativa frustrada de fechar a porta da geladeira.

— Ele come sozinho, faz o dever de casa sozinho...

— Isso é o mínimo, né, Quel?

Raquel abriu de novo a geladeira. Talvez se tirasse a travessa da salada da véspera...

— Dar mais autonomia em que sentido, Augusto?

— Sei lá! Andar sozinho na rua...

— Nesta cidade? Deus me livre!

— Aqui perto. Nada muito radical.

Raquel estudou o espaço da geladeira por um instante. O bolo e os doces foram acomodados. Mas o que fazer agora da travessa de salada?

— Augusto, nós moramos no Rio de Janeiro. A maioria das crianças da idade do Lipe não circula sozinha.

— O Lipe é muito grudado na gente.

Será que o pote de geleia daria conta de sustentar, sozinho, a travessa de salada em cima dele?

— Ah, Augusto! Coisa de filho único. Lipe ainda é criança.

— Mas tem que começar a crescer!

O pote de geleia, valente, segurou a salada. Satisfeita, Raquel fechou a porta com um estrondo e virou-se para o marido.

— Cada um tem seu tempo. O Lipe vai crescer, pode deixar. Ele só precisa de uma oportunidade para isso acontecer!

— E isso será quando a gente morrer, feito os pais da Cinderela? E, ainda assim, teve que aparecer uma fada madrinha para dar uma força!

A voz do filho, vinda da porta do banheiro, interrompeu os dois.
— MANHÊÊÊÊÊÊÊ! Esqueci a toalha!...
Raquel contemplou o varal da área de serviço com um suspiro.
— Pensando bem, talvez você tenha razão. Mas vamos começar com coisas simples, tá? Nada de mandar o Lipe pegar ônibus ou coisa parecida.
— Coisas simples — concordou Augusto, pegando a toalha para levar para o filho.
Raquel foi para a sala e se jogou no sofá, tirando os sapatos. Cansada, ligou a televisão, sintonizada em um daqueles programas de domingo que faziam lembrar que a segunda-feira já estava batendo na porta.
Começou a folhear um livro esquecido entre as almofadas, sem muito interesse na TV, quando, de repente, o apresentador foi interrompido. Uma pessoa da produção passou, ao ouvido dele, uma notícia que parecia séria.
— É para chamar agora?... — quis saber o apresentador, com o microfone ligado. Diante da resposta positiva, ele anunciou: — Atenção! Incêndio no Museu Nacional... Rio ou São Paulo? — A pessoa falou qualquer coisa e ele repetiu: — Rio de Janeiro!
Raquel sentiu o coração disparar ao ver as imagens entrarem no ar. Atrás da repórter, o Museu Nacional da Quinta da Boa Vista, antigo Palácio de São Cristóvão, estava sendo consumido pelas chamas. E, pelo visto, não sobraria nada para contar a história.

Vinte milhões de pedaços (e um imperador) perdidos
Últimas horas de domingo, 2 de setembro de 2018

Augusto não conseguia acreditar no que via. Mais de 20 milhões de itens perdidos. Mais de 20 milhões de pedaços da história do Brasil e do mundo desaparecidos para sempre. Vidas inteiras de trabalho e inúmeras pesquisas transformadas em cinzas.

Depois de passar mais de uma hora ajudando a salvar o que estava a seu alcance, o paleontólogo afastou-se do prédio em chamas e jogou-se na grama.

A garganta e os olhos ardiam por causa da fumaça, mas, sobretudo, pela tristeza que tomava conta de todo o seu corpo. Não ajudava muito a família e os amigos mandarem mensagens solidárias de cinco em cinco minutos. Levou a mão ao bolso e pousou o celular no chão, ao seu lado. Não queria falar com ninguém naquele momento.

Raquel havia insistido em ir com ele, mas Augusto pediu que ela ficasse em casa com Felipe. Levar a mulher e o filho para aquele local não ajudaria em nada. Só aumentaria o tumulto que havia se formado em torno da área do museu, onde os funcionários acompanhavam as tentativas de apagar o fogo. Havia oficiais do Corpo de Bombeiros, inúmeros repórteres e muitos curiosos.

Não fosse a destruição, seria um espetáculo impressionante. As chamas saíam pelas portas e janelas como línguas de fogo. Misturadas à fumaça, ultrapassavam a altura do prédio. No meio delas, as estátuas gregas do telhado pareciam sentinelas guardando a fogueira histórica.

Augusto não percebeu que estava chorando até passar a mão pelo rosto. O sentimento de perda, aliás, era geral. Alguns minutos antes, um amigo antropólogo, que estudava tribos indígenas extintas, também havia chorado em seu ombro.

— Elas desapareceram, Augusto! A história de tribos inteiras, de cuja existência a única prova era um objeto ou registro que estava nesse museu, será apagada da história da humanidade. Não há mais nada que prove que elas habitaram o nosso planeta. Nada!

Tribos indígenas, fósseis, esqueletos... Quantos exemplares únicos da vida que já havia passado pela Terra estavam perdidos para sempre!

O celular ao lado do paleontólogo, ainda largado ao seu lado no gramado, vibrou. A tela se acendeu por um momento. Era Raquel.

— Alô?

— Guto... E aí?

— Perdido, Quel. Tudo perdido...

— O prédio?...

— Ninguém sabe ainda. As paredes externas, por enquanto, estão de pé.

— O interior...?

— Já foi.

Ele ouviu um soluço abafado do outro lado do celular. Tinha certeza de que Raquel, professora de História, estava em lágrimas. Quando ela conseguiu falar de novo, a voz estava trêmula:

— Um rei... Dois imperadores moraram aí... imperatrizes... princesas... todos os documentos... móveis, pisos, objetos... É a história do Brasil vindo abaixo.

Augusto fez que sim com a cabeça, embora Raquel não pudesse vê-lo. Dom João VI, Carlota Joaquina, dom Pedro I, Leopoldina, dom Pedro II... Quantas figuras históricas haviam passado por ali?

A voz da esposa cortou seus pensamentos:

— Se precisar, ligue para mim. Estou acordada. Eu te amo.

— Eu também. Obrigado, Quel.

Augusto desligou o celular, criando forças para se erguer do chão. Ao se levantar, porém, percebeu que não estava sozinho. Atrás dele, quase oculto pela sombra de uma árvore, um menino da idade do seu filho estava sentado no gramado. Limpava, com a manga da camisa, as lágrimas que escorriam pelo rosto meio sujo de fuligem. Jogada ao seu lado, na grama, havia uma espada de madeira.

O paleontólogo se aproximou dele, intrigado.

— Oi! Você é filho de algum funcionário do museu?

O menino limpou o nariz com as costas da mão, sem falar nada. Olhou para o homem com desconfiança e recolheu o brinquedo jogado na grama, como se quisesse protegê-lo de uma ameaça.

— Seu pai ou sua mãe... — falou Augusto, oferecendo a mão para ajudá-lo a se levantar. — Eles trabalham aqui?

— Não — respondeu o garoto, ficando de pé sem ajuda. — Eles moravam aqui.

Augusto estudou o menino. Ele vestia uma camisa branca de mangas compridas, colete cor de areia e calções claros e curtos, na altura dos joelhos. As meias que cobriam toda a parte inferior das pernas entravam por dentro dos calções. Para completar, usava sapatos de couro com uma fivela antiquada. Parecia um personagem saído de um filme antigo.

— Seus pais moravam aqui? — estranhou Augusto. — Como você se chama?

O menino encarou o homem como se ele tivesse feito uma pergunta estúpida. Lançou um olhar ao prédio consumido pelas chamas e, por fim, resignado, respondeu:

— Pedro. Decerto vós não me reconhecestes.

O estômago de Augusto se revirou ao ouvir a linguagem antiga com o sotaque português. Vinda de um menino chamado Pedro, vestido com aquelas roupas, a vagar pelos arredores do Palácio de São Cristóvão, no exato momento em que o museu era destruído pelo fogo...

Não, não era possível. Aquele menino não podia ser um fantasma. Tinha que haver uma explicação lógica e perfeitamente científica para aquilo.

— Pedro, eu vou perguntar mais uma vez: onde estão seus pais?

— Estavam lá dentro! Quer dizer, acho que estavam lá dentro. Depois que pulei no buraco, o palácio já não era mais o mesmo!

— Que buraco?

— O buraco cheio de névoa dos invasores! Quando Miguel me falou sobre eles, pensei que eram homens de Napoleão, mas, depois, percebi que eram feiticeiros! Havia múmias! E esqueletos de dragões!...

Augusto respirou fundo. Ele não estava tendo aquela conversa. Ele não podia estar tendo aquela conversa maluca!

— Pedro, de uma vez por todas: onde estão seus pais?

— Não sei! Eu acho que estavam lá dentro!

— Não havia ninguém lá dentro!

O menino pareceu ficar aliviado, mas logo seu rosto se contorceu de raiva.

— Malditos invasores e seus dragões! O que fizeram com meus pais? E minhas irmãs... O mano Miguel?

— Vamos tentar de outro jeito: como seus pais se chamam?

O menino olhou para Augusto como se lhe houvesse nascido outra cabeça.

— Estou a ver que vós não me reconhecestes mesmo! — reclamou ele, impaciente. — Meu pai é Sua Alteza Real, o príncipe regente João de Bragança. Minha mãe é Sua Alteza Real, a princesa do Brasil Carlota Joaquina de Bourbon. Sabeis agora de quem estou falando?

— Garoto, eu não estou pra brincadeira! Acabei de perder o trabalho de toda a minha vida neste incêndio. Pesquisas, achados... Tudo!

Os olhos do menino, escuros e vivos, se encheram de lágrimas. Quando falou de novo, a voz saiu baixa, quase um murmúrio:

— Pois eu perdi minha casa. Talvez minha família. E agora não sei o que fazer.

Augusto também não sabia. Mas diante do cansaço do final do dia mais exaustivo de sua vida, o paleontólogo fez a última coisa que deveria fazer.

***

Não muito longe dali, quatro homens idênticos, trajando macacões negros e óculos de aros redondos iguais, acompanhavam desolados os últimos acontecimentos.

Alguém poderia pensar que estavam abalados com a destruição do antigo Palácio de São Cristóvão. E estavam. Mas o que, de fato, afligia o quarteto era saber que o Portal do Tempo havia sido destruído pelas chamas.

Sem o portal, não poderiam resgatar o companheiro deixado para trás na época errada. E, para completar a situação, um menino em trajes antigos estava perambulando pela área do museu.

— Eu sabia que não deveríamos ter deixado o Portal do Tempo para trás! — exclamou Álvaro. — Agora dom Miguel está em 2018!

— Esse garoto é muito grande para ser dom Miguel — observou Fernando. — Pode ser um serviçal.

— Serviçal? — duvidou Ricardo. — Com esses trajes, essa altivez... O garoto não parece ser um serviçal.

— Se ele não é um serviçal, então quem é?

Os quatro ficaram mudos. Nenhum deles queria admitir, em voz alta, o que estava pensando: por culpa deles, dom Pedro I encontrava-se, agora, em pleno século XXI. E, naquele exato momento, antes que pudessem impedir, estava indo embora com um homem desconhecido.

Minha casa, minhas regras!

Domingo, últimos minutos do dia 2 de setembro de 2018

Quando a chave de Augusto girou na porta, Raquel pulou do sofá. Mal o marido entrou em casa, ela se atirou em seu pescoço, em lágrimas.

— Como isso pôde acontecer, Augusto?

— Quel... — murmurou o marido, ainda preso ao abraço dela.

— Como pode um patrimônio desses virar carvão?

— Raquel...

— O que foi, Augusto?

— Temos visita.

Foi então que Raquel reparou que, atrás do marido, meio oculto pelas sombras do corredor do prédio, estava um menino de uns 12 anos. Tinha cabelos escuros e encaracolados, nariz aquilino e olhos negros e brilhantes. Usava uma roupa que a historiadora logo reconheceu como um traje do século XIX.

— O que... Quem... Quem é esse?

— Acho que fiz uma loucura. Mas precisava trazer esse menino para você ver!

— Ver o que, Augusto? Ninguém sai pegando crianças pela rua e levando para casa! Onde estão os pais desse menino? E por que ele está vestido desse jeito? Teatro de rua? Ele faz teatro de rua, é isso?

Augusto fez um sinal para que o menino entrasse. Assim que Pedro obedeceu, o paleontólogo fechou a porta.

Raquel não gostou.

— Augusto, o que significa isso? Por que trouxe esse menino com você?

Augusto segurou a mulher pelos ombros, pedindo:

— Raquel, olhe nos meus olhos. Você confia em mim?

A mulher piscou.

— Confio, é claro, mas...

— Você sabe que eu sou um homem mentalmente saudável...

— Augusto, você está me assustando...

— Onde está o Lipe?

— Já foi dormir.

— Ótimo. Ele não precisa saber disso agora.

— Saber o quê?

— Raquel, esse menino...

A historiadora lançou um olhar atento para o garoto, que mexia na sua coleção de ampulhetas exposta na estante próxima à entrada. Ai dele se quebrasse qualquer uma delas!

— Hum? — resmungou Raquel, sem tirar os olhos do "convidado" que não conseguia ficar parado. — O que tem esse menino?

— É uma ideia maluca...

— Fale de uma vez. Você está me deixando nervosa!

— Acho que esse menino é dom Pedro I.

— QUEM?!

O garoto desviou os olhos das ampulhetas para erguer o dedo, corrigindo:

— Na verdade, eu ainda sou apenas Sua Alteza Real, o príncipe da Beira. Um dia serei o rei Pedro IV de Portugal. Se é que o Reino de Portugal e dos Algarves ainda existe. Não tenho certeza de mais nada.

O sotaque português, mais as informações corretas sobre Pedro I, desconcertaram Raquel. Ainda assim, a ideia de que aquele menino pudesse ser um dos imperadores do Brasil era tão absurda que fez com que ela soltasse uma gargalhada.

— Augusto, só você mesmo para ir até o Museu Nacional em chamas e me voltar para casa com um fantasma!

— Alto lá! — protestou Pedro. — Não sou um fantasma!

Raquel estendeu a mão para tocar, de leve, o rosto do menino.

— Retiro o que disse. Ele está entre nós!

O garoto recuou, advertindo:

— Ninguém pode tocar no príncipe da Beira sem permissão!

— Não pretendia ofendê-lo, Alteza...

Pedro acolheu o pedido de desculpas com a majestade que já era própria dele. A plebeia estava perdoada. Isto é, até ele ser surpreendido pelas mãos da historiadora inspecionando suas roupas.

— Ei...!

— Mas, príncipe ou não, ninguém vai ficar na minha casa sujo desse jeito. O senhor vai tomar um banho!

— Banho?!

— Sim, um belo banho!

— Eu não vou tomar banho! Ainda faltam semanas para os banhos...

— Eu sei que a família real não era chegada a água e sabão, mas aqui a conversa é outra. Minha casa, minhas regras! Vá para o chuveiro agora. Mostre a ele como funciona, Augusto. Depois pegue uma toalha e um pijama do Lipe. Eles são mais ou menos do mesmo tamanho.

Pedro ficou paralisado com a ordem. Por trás dele, Augusto moveu os lábios, formando as perguntas: "Banho? Jura?".

— O que os dois estão esperando? Mexam-se!

Pedro cruzou os braços, determinado a não sair do lugar.

— Banhos causam doenças!

— Pelo contrário, "Alteza". Ajudam a evitá-las!

Dando a discussão por encerrada, Raquel desapareceu pelo corredor. O menino lançou um olhar acusador para Augusto.

— Vossa família apresenta costumes bastante peculiares. E se não estivesse acostumado com minha mãe, diria que vossa esposa é muito mandona!

— Você não imagina quanto. Melhor obedecer.

Enquanto Augusto dava conta do banho do suposto príncipe, sua mulher foi procurar, em uma pilha de livros do escritório, imagens de Pedro de Alcântara quando garoto. As poucas que encontrou não faziam justiça à vivacidade dos olhos escuros que fitaram Raquel, com orgulho, poucos minutos antes.

A professora de História estava absorvida na leitura sobre a infância do primeiro imperador do Brasil quando o marido entrou no escritório.

— E o menino? — perguntou ela, sem tirar os olhos das páginas do livro.

— Não queria entrar na água de jeito nenhum. Mas agora está feliz como um pato debaixo do chuveiro. Expliquei como lavar a cabeça com xampu. Também mostrei como fechar as torneiras quando acabar.

— Augusto, você não acredita que ele é mesmo dom Pedro, acredita?

— O cientista que há em mim diz que não. Mas esse menino age como se, de fato, não pertencesse ao nosso tempo. Você precisava ver a expressão dele quando entrou no meu carro e quando andou de elevador!

— É evidente que essa criança sofre de algum distúrbio. Os pais devem estar desesperados atrás dele.

— Ele estava sozinho!

— Mesmo assim, você não podia trazê-lo para cá!

Augusto suspirou.

— Eu sei. Mas não tive coragem de largá-lo sozinho na Quinta da Boa Vista.

— Você devia ter entregado o menino às autoridades competentes.

— Farei isso amanhã, eu juro. Esta noite eu não tinha forças para passar por todo o interrogatório e a papelada que acompanhariam a entrega dele às autoridades. Sem contar que...

O som da água do chuveiro cessou.

— Sem contar o que, Augusto?

— Eu sei que é loucura, mas há alguma coisa nele que parece verdadeira. Real.

Os dois contemplaram os inúmeros livros espalhados pela mesa. Diversos deles traziam a imagem do primeiro imperador do

Brasil, já adulto, na capa. A mulher suspirou, pousando o livro que ainda segurava em cima dos outros.

— Real ou não, deve estar com fome. Vamos ver como anda nosso hóspede.

De fato, Pedro estava com fome. Mas o cansaço foi mais forte. O menino que afirmava ser filho de dom João e de dona Carlota Joaquina, herdeiro do trono português no século XIX, dormia a sono solto no sofá, cheirando a xampu e sabonete.

A historiadora que havia em Raquel não sabia o que pensar. Mas a mãe que havia nela não hesitou. Com cuidado, colocou um travesseiro por baixo dos cabelos ainda úmidos de Pedro, cobriu o menino com uma manta e apagou a luz.

Meninos

Segunda-feira, 3 de setembro de 2018

Felipe acordou sem ter sido chamado pelos pais. A lembrança da tragédia do museu na noite anterior explicava tudo: eles ainda deviam estar dormindo. Sem ter certeza se iria à escola, o garoto se levantou, entrou em seu banheiro e fechou a porta.

Na sala, outro menino também despertava. Apesar de príncipe, Pedro estava acostumado a acordar cedo. Era o costume da sua época levantar-se com o nascer do sol para aproveitar a luz natural do dia. Sua inquietação natural também não permitia que dormisse muito. Ainda mais em uma casa estranha, situada no décimo andar de um prédio. Tinha a sensação, ao olhar pela janela, de estar no topo de uma montanha.

Falando em montanhas, Pedro sabia que estava no Rio de Janeiro. Mas não era a cidade que conhecia. Havia prédios muito altos, muitas luzes à noite e uma estátua gigantesca de Cristo no Morro do Corcovado. Sem contar as estranhas carruagens sem cavalos que Augusto chamava de carros.

E o elevador? O menino conhecia pequenos elevadores de alimentos, que serviam para levar comida para as salas de banquetes. Mas elevador para gente? Nunca tinha ouvido falar.

Ao pensar em comida, o estômago do menino roncou. Estava com fome. Em poucos passos, encontrou o caminho para a cozinha. Só conseguiu identificá-la pelo fogão. Não era a lenha, como no palácio, mas parecia ser nele que os habitantes da casa aqueciam suas refeições.

Sua mão alcançou uma maçã em um cesto. Devorou a fruta com poucas mordidas e buscou alguma coisa para beber. Taça... Onde havia uma taça? Caneca também servia. Apesar de príncipe, Pedro não era menino de muitos luxos. Logo encontrou uma caneca no escorredor de pratos.

Só faltava a bebida. Leite cairia bem. Será que ficava na caixa grande de metal que tinha uma porta? Resolveu abri-la. Uma luz se acendeu, revelando um interior gelado repleto de alimentos. Espantado, Pedro fechou a porta. Abriu de novo. Mais uma vez o ar gelado e a luz acesa! Fantástico! Uma caixa com iluminação própria que gelava alimentos e bebidas!

Pegou uma embalagem onde estava escrito "Leite". Despejou o conteúdo branco e gelado na caneca. Em Portugal, preferia leite quente. Mas bebidas geladas sempre eram bem-vindas no Rio de Janeiro.

Pedro estava saboreando seu café da manhã improvisado quando outro menino entrou na cozinha. Os dois gritaram de susto ao se verem.

***

Raquel estava criando coragem para abrir os olhos e encarar os problemas do dia quando ouviu um grito. Ou melhor, dois. Um deles era de seu filho.

— Augusto! — sacudiu o marido. — Acorde!

— Hum? O que aconteceu?

— Os meninos — disse Raquel, buscando um roupão.

— Que meninos? — resmungou o paleontólogo, cobrindo os olhos com o antebraço. — Só temos um!

— Por sua conta, agora temos dois! Acorde!

Raquel não esperou o marido despertar de vez. Correu para a cozinha e encontrou dois meninos muito desconfiados olhando um para o outro. O leite se espalhava pelo chão, entre os cacos de uma caneca quebrada.

— O que houve aqui? — ela perguntou, passando a mão pelos cabelos, tentando parecer apresentável.

— Quem é esse? — perguntou seu filho, apontando para Pedro com um olhar perplexo.

— É uma longa história — suspirou Raquel.

O menino que Felipe não conhecia dirigiu-se à mãe dele:

— Peço desculpas por vossa caneca. Mas ele me assustou!

— Não tem problema. Vou limpar.

— Eu estava com fome...

— Imagino. Vou preparar alguma coisa para comermos, está bem?

— Serei imensamente grato, senhora. Estou faminto. Mas, antes, preciso me aliviar. Onde tem um penico?

Raquel prendeu o riso. O menino não saía do personagem!

— Sabe o lugar onde você tomou banho ontem?

— A casa de banhos?

— Isso! Use o vaso grande de louça. Depois, aperte o quadrado prateado que fica na parede.

Pedro fez que sim com a cabeça, sem entender o papel do quadrado prateado. Já estava quase saindo quando Raquel lembrou:

— Quando acabar, lave as mãos. Se chegar aqui sem as mãos cheirando a sabonete, não vai comer. Estamos entendidos?

Pedro resmungou qualquer coisa sobre a "obsessão brasileira por limpeza" e deixou a cozinha.

Boquiaberto, Felipe encarou a mãe.

— Quem é ele?

— Você acreditaria se eu lhe dissesse que pode ser dom Pedro I?

***

Com as mãos devidamente limpas, Pedro comeu de tudo. Ovos mexidos, pão com manteiga, queijo, presunto, iogurte, banana picada, granola, suco de laranja, leite com chocolate. Seu único incômodo é que o outro menino — Felipe — não parava de olhar para ele, como se estivesse diante de um cão de três cabeças.

— O que foi? — perguntou o príncipe limpando a boca com as costas da mão.

Para um nobre, Pedro tinha os modos de um menino das cocheiras.

— Nada — respondeu Felipe, limpando a boca com um guardanapo de papel. — Quantos anos você tem?

— Tenho 11. Farei 12 no mês que vem.

— Que dia? — perguntou Raquel, querendo testá-lo.

— Dia 12 de outubro.

— Sabe o ano em que nasceu?

— É claro! Nasci em 1798. Se eu tenho quase 12 anos, é só fazer as contas do ano em que estamos para trás.

Felipe realmente fez as contas. Só que para a frente. E o número obtido foi surpreendente:

— Ei, em que ano você pensa que está?

— Até ontem, 1810. Mas já não tenho certeza de nada.

Augusto, que estava quieto até aquele momento, resolveu participar da conversa:

— Você, ontem, falou de um buraco... Pode explicar melhor o que é?

Pedro endireitou-se na cadeira.

— Tudo começou quando o mano Miguel e eu fomos brincar de esconder...

— Em 1810? — conferiu Raquel.

— É claro! Quando mais seria? Bem, tapei o rosto e comecei a contar até cem...

— Até cem? — estranhou Felipe.

— O palácio é grande. Ou era grande. Precisas contar até cem para que a brincadeira tenha graça!

— E o que aconteceu?

— Miguel veio me chamar para ver um buraco cheio de névoa. Disse que três homens de roupas estranhas saíram dali. Um deles se chamava Sebastião. O mano estava muito nervoso, não dizia coisa com coisa. Contou-me também que perguntaram sobre uma mulher chamada Leopoldina...

— Leopoldina? — arrepiou-se Raquel. — Ele citou Leopoldina?

— Sim. Não faço ideia de quem seja tal dama. Para encurtar a história, os invasores pularam de volta no buraco e desapareceram na névoa.

— Todos eles?

Pedro franziu a testa.

— Não tenho certeza. Suponho que sim. Depois que eles foram embora, Miguel, parvo como sempre, foi me buscar. Como julguei que os invasores podiam ser homens de Napoleão, resolvi segui-los buraco adentro. Para minha surpresa, fui parar no mesmo lugar em que estava. Só que não era exatamente o mesmo. Era uma sala do trono.

Augusto suspirou, assim como Raquel. Sabiam bem o que era a Sala do Trono do Museu Nacional, agora perdida para sempre.

— Continue, por favor, Pedro — pediu a historiadora.

— Não há muito mais o que contar. Andei um tempo pelo palácio vazio, procurando os invasores. O lugar parecia enfeitiçado, repleto de múmias e esqueletos. Quando encontrei o dragão de pescoço comprido e nome engraçado, senti cheiro de fumaça e corri para me salvar.

Naquele momento, o interfone soou, fazendo com que todos pulassem em suas cadeiras. Augusto atendeu e, logo em seguida, anunciou:

— É sua irmã, Lia. Está subindo.

— Minha irmã? — sussurrou Raquel. — Como eu vou explicar isso tudo a ela?

O marido deu de ombros, indicando que não fazia a mínima ideia.

Oi?!

O fato de serem irmãs não fazia com que Lia e Raquel fossem parecidas. Lia, a mais velha, era alta, de cabelos curtos, louros e encaracolados. Sempre gostou de números e fórmulas. Raquel, a mais nova, era baixa, de cabelos lisos e castanhos que chegavam aos ombros. Sempre gostou de ler e ouvir histórias.

— Como vocês estão? — quis saber Lia, assim que a porta foi aberta.

— Confusos — respondeu Raquel com sinceridade.

A mais velha das irmãs entrou no apartamento, e Pedro ficou de pé, como fora ensinado a fazer diante de uma dama. Mesmo que ela usasse calças compridas, como um cavalheiro.

Felipe também ficou de pé para saudar sua tia com dois beijos no rosto.

Lia abraçou o sobrinho e dirigiu-se ao cunhado com uma expressão pesarosa.

— Você não imagina como lamento o que aconteceu ontem. Se algo assim tivesse acontecido com as minhas pesquisas, nem sei o que faria!

Sem que Pedro perguntasse nada, Felipe explicou, em voz baixa, com orgulho:

— Minha tia é física.

As sobrancelhas de Pedro se uniram.

— Ela é o quê?

— Física. Uma cientista que estuda fenômenos da natureza, como o calor, a luz, o espaço, a eletricidade... Sabe o que é?

— Não sou um ignorante completo. Ela seria como Benjamin Franklin?

Foi a vez de Lipe olhar espantado para o outro menino. Pedro deu de ombros.

— Dom Antônio de Arrábida me contou sobre ele.

— Quem?

— Meu mentor.

— Você tem um mentor?

— Um dia serei rei. Preciso de um professor que me apresente o saber do mundo. Ou parte dele, pelo menos.

— Você nunca foi à escola?

— Príncipes não frequentam escolas, como bem o sabes.

Foi nesse momento que Lia reparou no menino desconhecido.

— Quem é esse? Amigo do Lipe?

— Não somos amigos — esclareceu Pedro. — Acabamos de nos conhecer.

— Ah! Prazer em conhecê-lo também, então. Lia Diniz, tia do Lipe. E você é...

— Pedro de Alcântara, ao vosso dispor, senhora.

— Diferente, ele, não é mesmo? — comentou Lia, voltando-se para a irmã em busca de explicações.

Raquel sorriu, sem jeito.

— Lipe, que tal você e o Pedro trocarem de roupa para ir à escola?

— Não dá mais tempo de pegar a primeira aula! Se duvidar, nem a segunda...

— Pegue a terceira, então! — rosnou a mãe. — Mas vão trocar de roupa!

— Será que é uma boa ideia mandá-lo para a escola? — questionou Augusto, indicando Pedro com o queixo.

— Não sei! — estrilou Raquel. — A gente resolve isso depois.

— Eu gostaria de conhecer uma escola! — disse o príncipe.

— Você nem gostava de estudar! — rebateu a historiadora, irritada.

As sobrancelhas de Pedro se arquearam.

— Como sabeis disso, senhora? Vós sois, por acaso, uma adivinha?

— É claro que não! É que... Bem, nenhum garoto da sua idade gosta de ir à escola! Só isso!

— Eu gosto! — protestou Felipe, erguendo o dedo.

— Você é esquisito que nem seu pai! — disparou a mãe, sem pensar.

— Mãe!

Pedro caiu na gargalhada.

— Vós todos sois deveras estranhos, isso sim!

— Augusto, por favor? — implorou Raquel, voltando-se para o marido. — Leve esses dois daqui! Preciso conversar com minha irmã a sós!

Augusto concordou em resolver o problema, levando os meninos para o quarto. Mal eles saíram, Lia encarou Raquel.

— E então? Estou esperando. O que está acontecendo aqui?

— Não sei nem por onde começar...

— Que tal explicar quem é esse menino que fala como se estivesse em um filme de época?

Raquel respirou fundo. Então era isso. Teria mesmo que dar uma explicação que faria sua irmã cientista achar que ela era louca.

— OK. Vamos lá... Ontem, durante o incêndio do museu, Augusto encontrou esse menino na Quinta da Boa Vista e o trouxe para casa.

— O quê? Vocês não podem pegar crianças na rua e abrigá-las. É contra a lei!

— Eu sei! O caso é que tudo indica que esse menino não é uma criança comum!

Lia sacudiu a cabeça, ainda desaprovando a atitude do casal.

— Por mais especial que ele seja, vocês não podiam...

— Augusto acredita que esse menino seja dom Pedro I!

Lia arregalou os olhos.

— Oi?!

— Pronto, falei!

— Você tem três segundos para começar a se explicar, Raquel Diniz Mota.

E Raquel se explicou. Depois de alguns minutos falando sem ser interrompida, arrematou:

— Eu sei que é impossível que seja verdade, mas, de vez em quando, até eu acredito estar diante de Pedro I. Você viu o que eu fiz ainda há pouco ao comentar a relação dele... quer dizer, a relação do imperador com os estudos!

Para sua surpresa, Lia abriu um sorriso.

— Ora, mas é perfeitamente possível que ele seja dom Pedro I!

Foi a vez de Raquel arregalar os olhos.

— Oi?!

***

Alguns minutos depois, Augusto foi chamado às pressas para a sala. Um minuto depois, ele surgiu com os meninos atrás de si. Felipe, de cara amarrada. Pedro, encantado com os tênis que estava calçando.

— Augusto, minha irmã tem uma coisa importante para contar — anunciou Raquel.

Lia hesitou. Não sabia se podia revelar aos meninos — a Pedro, na verdade — o que ia dizer. Mas a historiadora fez que sim com a cabeça. Ela podia contar o que sabia. O menino precisava entender o que havia acontecido com ele.

— Bem, eu tenho um colega, o professor Acácio Pinheiro, que estuda a possibilidade de viagens no tempo.

Pela primeira vez, desde que recebera a notícia de que o Museu Nacional estava pegando fogo, Augusto sorriu.

— Lia, isso é impossível! Acácio é considerado um sonhador...

— Era o que eu também achava até presenciar a máquina em funcionamento.

— Você o quê?

— Acácio precisava de alguém para testemunhar uma experiência com a máquina, e eu me dispus a ajudá-lo. Posso afirmar, sem sombra de dúvida, que ela funciona.

— Isso é loucura... — balbuciou Augusto.

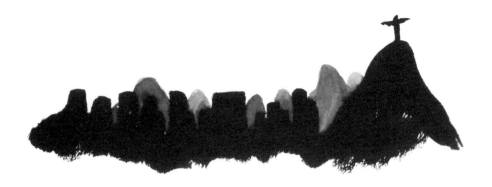

— Uma máquina do tempo! — murmurou Raquel, com os olhos brilhando. — O sonho de consumo de qualquer historiador!

— Como funciona? — indagou Felipe, curioso.

Lia tentou não complicar a explicação:

— A máquina gera um portal que permite que as pessoas atravessem o tempo, passando de uma época a outra.

— Como é esse portal? — quis saber Augusto. — Ele se parece com um buraco?

— Como é que você sabe? Sim, ele é como um buraco, com muita névoa e luzes coloridas...

— É como o buraco que havia no chão do palácio! — interrompeu Pedro. — Isso... isso quer dizer que eu atravessei um portal para outra época?

Todos os olhares na sala convergiram para o menino de 11 anos.

— Sim — confirmou Lia. — Pelo que tudo indica, você viajou no tempo.

— Céus! Então o Rio de Janeiro não foi invadido por feiticeiros de Napoleão?

Os três adultos e o outro menino sacudiram a cabeça, indicando que não. Lentamente, cada um deles foi se dando conta da importância da figura que estava ali, bem na sua frente.

— O mundo está diferente porque eu viajei no tempo! — raciocinou Pedro, em voz alta, inquieto, caminhando pela sala. — Mas onde, ou melhor, *quando* eu estou? Bem, no passado não é. O Rio de Janeiro era habitado pelos índios no passado. Então, suponho que eu esteja... Meu Deus! Não pode ser...

— Bem-vindo ao futuro, Alteza — saudou Raquel. — Estamos no ano 2018 depois de Cristo.

Pedro parou de andar de um lado para outro. Antes que conseguisse articular qualquer palavra, as outras pessoas inclinaram a cabeça, em sinal de reverência. Afinal, estavam diante daquele que, um dia, para o bem ou para o mal, declararia a independência do Brasil.

E mesmo que o país fosse hoje uma república, era impossível apagar a sensação de que aquele garoto inquieto, corajoso e de olhos vivos era Sua Majestade Imperial, dom Pedro I, Imperador Constitucional e Defensor Perpétuo do Brasil. De certa forma, seu soberano. E de todos os brasileiros.

O primo português

Raquel não sabia se estava fazendo a coisa certa ao levar os meninos à escola. Mas Augusto tinha milhões de coisas para resolver em relação ao Museu Nacional. E ela precisava, junto com Lia, conversar com o professor Acácio.

Deixar os garotos em casa não era uma opção. Felipe nunca havia ficado sozinho. Raquel duvidava até mesmo que ele soubesse atender ao interfone. Tudo bem, isso era um exagero, mas não estava tão longe da verdade. E Pedro... Bem, sabe-se lá o que o príncipe, impulsivo do jeito que era, poderia fazer. E se resolvesse fugir?

Por isso, agora, os quatro — ela, a irmã, Felipe e Pedro — caminhavam pelos corredores da escola em direção à sala da coordenadora.

Raquel ia à frente com o filho. O príncipe e Lia seguiam um pouco atrás. O garoto, entusiasmado com a maciez dos tênis emprestados, não perdia a oportunidade de testar a flexibilidade dos calçados. Parava a toda hora para forçar os pés para a frente e para trás.

— Preste atenção, Lipe — disse a mãe, em voz baixa. — Vou pedir licença para dom Pedro passar o resto do dia na escola com você. Não conte a ninguém quem ele é de verdade. Para todos os efeitos, é o seu primo português...

— E se alguém descobrir que é mentira?

— Mas ele é português! Essa parte da história é verdade.

— Mãe... Isso é muita responsabilidade — queixou-se Felipe, levando a mão ao estômago. — Acho que estou ficando enjoado. Podemos voltar para casa?

— Felipe Diniz Mota, preste atenção: eu preciso que você segure essa onda comigo. Por mais sem cabimento que possa parecer, o melhor lugar para dom Pedro ficar é aqui na escola. Mas fique atento, pois um: ninguém pode saber quem ele é. E, dois, ele não pode ter acesso a nenhuma informação sobre si mesmo depois dos 11 anos de idade.

— Por que não?

— Porque conhecer o próprio futuro pode bagunçar o *continuum* espaço-tempo!

— Foi minha tia que recomendou isso?

— Não. Foi *De volta para o futuro*!

— Mãe!

— Qual é o problema? Foi esse filme que me fez virar historiadora!

— Será que o tal do *continuum* já não foi abalado só por Pedro estar aqui?

— Não sei... Talvez. Essa é uma das coisas que pretendo descobrir com o professor Acácio.

— Não é melhor nós dois irmos para o laboratório com vocês?

Lia descrevia o professor Acácio como um homem pacato e inofensivo. Mas depois do uso desastrado da máquina do tempo, Raquel não tinha certeza se estariam diante de um louco, de um cientista ou das duas coisas. A verdade é que podia ser perigoso confrontá-lo, e ela preferia que os garotos não estivessem por perto.

— Não, Lipe. Vocês não podem ir com a gente. Não sei se é legal dom Pedro ouvir nossa conversa com o professor.

— Entendo — concordou Felipe, franzindo a testa. — Mas posso saber por que você agora está se referindo a ele como dom Pedro?

— Porque depois que eu soube que ele realmente é o imperador, me pareceu muito estranho me referir a ele apenas como Pedro! Eu sou uma historiadora, Lipe! Tem noção de quanto eu já li sobre essa criatura?

— Mãe... Ele tem 11 anos. Ainda não é imperador.

— Eu sei, eu sei... Maluquice minha, tá legal? Vai passar.

Finalmente, chegaram à coordenação, onde Raquel explicou a situação do "primo português" em visita inesperada a sua casa.

A coordenadora, em geral compreensiva, estava ainda mais solidária após a tragédia do incêndio do museu. Quinze minutos depois de terem passado pelos portões da escola, Pedro de Alcântara entrava na primeira sala de aula de sua vida.

***

Pegaram o final da aula de matemática.

A explicação apressada da coordenadora sobre o primo de Felipe satisfez os olhares curiosos dos outros alunos. Mas não os olhares de cobiça das meninas, que já disputavam a atenção de Pedro, cutucando-se e trocando risinhos.

— Não sabia que você tinha um primo português — sussurrou Estela, sentada ao lado de Felipe.

— Eu também não... Quer dizer, ele chegou ontem à noite, no meio da confusão do incêndio.

— Falando nisso, sinto muito pelo museu. Foi uma grande perda para o mundo inteiro, mas sei o que ele significava para seus pais.

— Obrigado.

Felipe encarou Pedro de rabo de olho. Sentado em uma carteira, o príncipe prestava atenção em tudo o que estava à sua volta: os outros alunos (especialmente as meninas), o quadro branco repleto de equações, os cartazes coloridos nas paredes. Parecia quieto, mas os pés batiam de leve no chão, impacientes, nervosos, sem parar.

Lembrando-se da recomendação de que Pedro não deveria ter contato com sua própria história, Felipe deu graças aos céus: o terceiro horário era Geografia, com o professor Mário. Estava salvo! Nada de aulas potencialmente perigosas de História. Por isso, o garoto quase enfartou quando viu Eneida, a professora dessa disciplina, passar pela porta após o sinal.

— Bom dia, turma! O Mário está sem voz. Por isso hoje teremos aula de História. — Ignorando o revirar de olhos dos alunos, a professora prosseguiu: — Bem, eu desejei um bom-dia, mas um dia que começa com um patrimônio como o do Museu Nacional perdido é um dia que começa muito mal. Por isso, senhoras... senhores... de pé, por favor.

Todos se levantaram. Em momentos que exigiam reflexão, Eneida sempre tratava os alunos de maneira formal, como se estivessem em uma ocasião de muita cerimônia. Funcionava: os debates fluíam, e as opiniões eram dadas e ouvidas com respeito.

— Peço um minuto de silêncio pela perda de ontem. Está nas mãos de vocês, desde já, valorizar a preservação das ciências e da história para as próximas gerações. Cuidem para que isso não se repita. Entenderam bem?

Ninguém teve coragem de dizer que não. Fizeram um minuto de silêncio, e Eneida liberou a volta para as carteiras.

— Gostei dela — sussurrou Pedro, impressionado.

Antes que Felipe pudesse fazer qualquer comentário, os olhos de águia de Eneida caíram sobre o menino desconhecido.

— Já fomos apresentados, senhor...

Felipe segurou a vontade de se benzer, enquanto o príncipe se apresentava:

— Pedro de Alcântara, ao seu dispor, senhora.

— Isso é uma piada?

— Absolutamente — retrucou Pedro, ofendido.

— É o primo do Marmota! — gritou Zé Vinícius, lá do fundo.

— Como? — estranhou a professora.

— É o primo português do Felipe — esclareceu Estela, com um olhar matador para o colega inconveniente. — Teve licença de ficar como ouvinte por uns dias.

O sorriso que surgiu no rosto de Eneida arrepiou os cabelos da nuca de Felipe.

— Português? Isso é muito interessante... Pois bem, senhor Pedro de Alcântara, nosso assunto de hoje é a vinda da família real para o Brasil. Sabe alguma coisa sobre o episódio?

Felipe fechou os olhos. Ai, ai, ai, ai, ai...

— Como não? — respondeu Pedro, com ousadia. — Posso contá-lo em primeira mão, como um membro da família!

Eneida ergueu uma das sobrancelhas, curiosa.

— É mesmo? Interessante... Pode vir à frente e nos contar o que aprendeu? Talvez do ponto de vista do seu xará?

— Perdão?

— Do ponto de vista de dom Pedro. Na época, uma criança de...

— Nove anos. Sim, é claro que posso.

Pedro ficou de pé. Flexionou os pés (como eram bons esses tais tênis!), aprumou-se e dirigiu-se à frente da classe.

Quanto a Felipe, agora era oficial: ele preferia, de fato, ser uma marmota e enfiar-se para o resto da vida em uma toca. Qualquer coisa, menos estar naquela sala de aula pelos próximos minutos.

O efeito Marty McFly

Assim que afivelou o cinto de segurança do carro da irmã, Raquel soltou um suspiro profundo. Como havia se metido naquela trapalhada que, ao mesmo tempo, era um dos momentos mais incríveis da sua vida?

Encontrar um personagem como dom Pedro I era o sonho de qualquer historiador. E, apesar disso, tudo o que ela queria era mandá-lo de volta para sua época. Não bulir com a História. O medo de quebrar a continuidade do passado, mesmo inspirado por um filme da sua infância, era bem real.

— Lia, posso fazer uma pergunta?

— É claro.

— Você viajou mesmo no tempo para testar o portal?

Um pequeno sorriso tomou conta dos lábios da irmã.

— Viajei. Para o dia 29 de maio de 1919.

— O quê? E não contou nada para sua irmã historiadora?

— Você acreditaria em mim?

— Não.

— Está aí sua explicação.

— Não tem graça, Lia. O que aconteceu nessa data?

— Vou dar uma pista: para presenciar esse momento, tive que ir a Sobral...

— No Ceará? Por quê?

— Porque o Portal do Tempo só funciona no mesmo cenário em que você quer estar no passado.

— Como assim?

— Por exemplo: se você desejasse assistir ao Descobrimento do Brasil, teria de levar o Portal do Tempo até Porto Seguro. Se quisesse ver a Queda da Bastilha, teria que ir a Paris. A máquina abre uma passagem no tempo no ponto específico da Terra onde o fato ocorreu no passado.

— E a data? Posso escolher qualquer uma?

— Pode. Mas, pelo que Pedro contou, em 1810 também era dia 2 de setembro, como ontem, não é isso?

— Foi o que ele disse.

— Talvez os ladrões quisessem garantir o sucesso da missão abrindo o portal na mesma data.

— Pode ter sido simbólico também. Ou apenas uma coincidência. Tudo o que sabemos é que quem usou a máquina do tempo ontem queria presenciar um acontecimento ocorrido em um dia 2 de setembro no Palácio de São Cristóvão!

— É o que parece. Você tem ideia do que poderia ser?

— É claro que tenho! Esse é o dia em que, no ano de 1822, Leopoldina assinou o decreto de Independência do Brasil!

— Foi ela?

— Nunca subestime uma mulher no trono — sorriu Raquel, orgulhosa. — Só que algo deu errado, e as pessoas que usaram a máquina foram parar em 1810. Um deles devia ser seu amigo Acácio.

— Acho que não. Não consigo imaginar Acácio usando o Portal do Tempo para presenciar um fato relacionado ao período imperial. Ainda mais um acontecimento que não era relacionado à ciência. Mas suponho que isso é justamente o que vamos esclarecer em poucos minutos.

***

A casa do professor Acácio ficava em uma das ruas próximas ao Jardim Botânico do Rio de Janeiro. Era bem antiga. Não chegava a ser do tempo do imperador — nem do primeiro nem do segundo — mas, ainda assim, era antiga.

Lia tocou a campainha do interfone e aguardou. Alguns instantes depois, uma voz que não parecia muito paciente soou pelo alto-falante:

— Pois não?

— Oi, Acácio! Sou eu, Lia. Preciso dar uma palavra com você.

— Lia! Entre, por favor! Eu também preciso falar com você.

O portão verde da entrada se abriu com um clique. A casa branca, de janelas também verdes, estava maltratada. Algumas plantas definhavam em vasos de diferentes cores e tamanhos. Um portão lateral, verde como o da entrada, mas bem mais descascado, mostrava que pegava chuva e sol havia anos, sem que ninguém se importasse em conservá-lo corretamente.

Para completar, uma velha mangueira, quase da altura do telhado, deixava boa parte do terreno na sombra, fazendo com que houvesse um pouco de musgo nas paredes e no chão.

Um homem alto e magro, de cabelos grisalhos desgrenhados, veio recebê-las.

— Lia — saudou o homem. — Seja bem-vinda. E essa é...

— Obrigada, Acácio. Essa é minha irmã, Raquel.

O professor, mais novo do que Raquel esperava, estava usando óculos de leitura. Levou-os até a ponta do nariz para analisar a irmã de sua amiga por cima deles. Por fim, encolheu os ombros, conformado.

— Ela não se parece com você.

— Em nada. A Raquel é historiadora.

O professor ergueu as sobrancelhas de leve, sem demonstrar muito interesse. Só olhou para Raquel com mais atenção quando Lia informou:

— E, no momento, ela hospeda dom Pedro I em sua casa. O que tem a nos dizer sobre isso, Acácio?

***

O que o professor tinha a dizer sobre o assunto, enquanto eles tomavam chá na mesa descascada da cozinha, era muito simples: o fabuloso portal havia sido roubado.

— Por que não foi à polícia? — quis saber Raquel, pousando o fio do seu saquinho de chá no ponto exato em que sua xícara rosa apresentava uma lasca.

— E dizer o quê? "Senhor delegado, minha máquina do tempo foi roubada"?

— Desculpe, tem razão. Foi uma observação estúpida.

Pela primeira vez, a expressão do físico se abrandou para Raquel.

— Não se desculpe. Também foi a minha primeira ideia.

— Por que não me contou sobre o roubo da máquina, Acácio? — cobrou Lia, mexendo o chá da sua xícara verde-água.

— Tive vergonha por não ter protegido melhor uma invenção potencialmente perigosa como o Portal do Tempo.

— Você chegou a ver quem levou o portal?

— Eu não estava em casa.

Raquel mexeu o chá com uma antiga colher de prata.

— Roubo ocorrido há vários dias, sem pistas ou testemunhas... Tudo indica que será muito difícil recuperarmos a máquina.

— Se ela ainda existir — lembrou sua irmã. — É praticamente certo que tenha sido destruída no incêndio de ontem!

A historiadora ergueu os olhos da xícara, horrorizada.

— Eu não tinha pensado nisso! Como vamos mandar dom Pedro de volta?

— Há algum problema se ele não voltar?

— É bem provável — respondeu o professor, levando sua xícara azul-bebê aos lábios. — Desde quando dom Pedro está em nossa era?

— Desde ontem à noite.

— Desde ontem? Isso não é nada bom. O *continuum* espaço-tempo...

— Ah! — exclamou Raquel, vitoriosa. — Eu sabia! Exatamente como em *De volta para o futuro*!

Os dois físicos olharam espantados para ela, mas só Lia revirou os olhos depois:

— Não acredito que você leve as teorias desse filme a sério!

— Qual é o problema? É um clássico!

O professor pigarreou, sem jeito.

— Na verdade, Lia, a ausência prolongada de dom Pedro poderá fazer com que os fatos que conhecemos mudem ou desapareçam, como no filme. Aconteceria o que eu chamo de "efeito Marty McFly".

— E o que seria isso, posso saber?

Raquel e Acácio compartilharam um olhar de entendidos. Por fim, o professor resolveu esclarecer:

— Dei ao efeito esse nome por causa daquela fotografia que havia no filme. Você sabe, aquela em que a família do Marty vai deixando de existir conforme os pais dele se afastavam um do outro no passado.

— E o que isso tem a ver com dom Pedro I, afinal de contas?

Foi a vez de Raquel dar a explicação:

— Se os pais de Marty não se apaixonassem, não se casariam e teriam filhos. Ou seja, ele e os irmãos não poderiam existir. Se o passado é alterado, o presente se modifica, entendeu? E eu que pensei que você fosse o gênio da família! Tsc, tsc, tsc...

Raquel e Acácio voltaram a trocar o olhar de entendidos. Lia, por sua vez, queria bater nos dois, mas respirou fundo e apenas perguntou:

— Em que velocidade as modificações podem ocorrer?

— Lamento dizer que não faço ideia. Como minha intenção, ao viajar no tempo, nunca foi interferir nos acontecimentos do passado, não estudei a questão a fundo. Só sei que, mais cedo ou mais tarde, haverá modificações.

— Grandes?

— Receio que sim — respondeu Raquel pelo professor, desolada. — dom Pedro é uma figura-chave da história do nosso país.

— Não temos como impedir essas mudanças?

— A única forma seria mandar dom Pedro de volta ao seu tempo o mais rápido possível — observou o professor.

— Mas como? A máquina se perdeu no incêndio!

— Eu sei, Lia. Mas talvez haja um jeito de mandá-lo de volta.

— Como? Construir outra máquina deve demorar muito!

— Eu ainda tenho um protótipo.

— Um protótipo?

— Sim, a primeira versão do portal! Não cheguei a completá-la, mas tenho uma cópia das minhas anotações e, é claro, minha memória! Com sua ajuda, podemos colocá-la para funcionar antes que um desastre histórico aconteça.

— Ótimo! — exclamou Lia, colocando-se de pé. — Vamos trabalhar então! Temos uma criança para devolver, o mais rápido possível, ao século XIX!

Deus salve o rei!

Não muito longe dali, quatro homens idênticos, de terno e chapéu pretos, usando óculos de aros redondos, atravessaram o jardim de uma antiga casa reformada.

Uma esfera armilar — instrumento de navegação que foi de grande auxílio aos portugueses durante a Era dos Descobrimentos e um dos símbolos de Portugal — dominava o gramado. Abaixo dela, em letras douradas, lia-se o nome "Glolus". Ao lado, em uma placa também dourada, estava escrito "Restaurações históricas".

A recepção da casa era decorada com mapas antigos. Também havia uma vitrine com diversos modelos de embarcações usadas pelos portugueses nas Grandes Navegações, com destaque para as caravelas e naus.

Uma secretária trajava um impecável uniforme verde-esmeralda, com um lenço vermelho amarrado ao pescoço. Assim que os quatro homens entraram, ela recebeu seus chapéus antiquados, saudando-os:

— Bom dia, cavalheiros.

Os quatro responderam ao cumprimento com um movimento de cabeça e se trancaram em uma sala de reuniões.

Na parede, letras verdes repetiam o nome escrito em dourado no jardim: "Glolus". Ali, porém, eram acompanhadas por outras letras, menores, que formavam a expressão "Glória lusitana" logo abaixo.

Em cima da mesa, o manual de instruções do Portal do Tempo, roubado junto com a máquina, se misturava aos planos cuidadosamente traçados de impedir que o Brasil se tornasse independente de Portugal.

— Água abaixo — murmurou Fernando, desolado. — Tudo por água abaixo. O mundo ainda está do mesmo jeito que deixamos ontem à noite. Sebastião sacrificou-se por nada. Não foi possível mudar a História.

— Pobre Sebastião... — suspirou Álvaro. — Será que ele está bem no passado?

— Sebastião? — repetiu Ricardo. — Esqueçam. Já deve ter morrido há mais de um século.

— Será que ao menos teve uma vida boa no século XIX?

— Quem vai saber?

— Isso é muito injusto! — lamentou Fernando. — dom Pedro, que já deveria ser história, está vivo e serelepe no século XXI, enquanto Sebastião nem mesmo história virou.

— dom Pedro! — exclamou Álvaro. — Tinha me esquecido dele. Temos que encontrá-lo! É por nossa causa que ele está no século XXI!

Ricardo, que brincava de fazer uma caneta rolar pela superfície espelhada da mesa, lançou a pergunta:

— Mesmo que conseguíssemos localizar o garoto, o que faríamos com ele? Adotá-lo? Matriculá-lo no curso de inglês e na escolinha de futebol? Afinal, não podemos devolvê-lo ao lugar a que ele pertence!

Uma batida discreta na porta anunciou que a secretária estava entrando. Ela pousou a bandeja na mesa e serviu uma xícara de café a cada um. Por fim, deixou sobre o centro da mesa as cartas dirigidas à Glolus. Já estava deixando a sala de reuniões quando, quebrando a rotina, virou-se para os quatro patrões idênticos e falou:

— Desculpem-me, mas aconteceu algo inusitado ainda há pouco...

— O que houve, senhorita Vaz?

— É que... o correio acaba de entregar uma carta.

— Desde quando isso é inusitado, senhorita Vaz?

— Ela foi postada em 1870.

Dito isso, com a mesma calma, ordem e método com que havia entrado na sala, a senhorita Vaz deixou o recinto. Mal a porta foi fechada, os quatro se jogaram em cima da pilha de cartas no centro da mesa.

Entre propagandas e contas a pagar, um envelope amarelado, fechado com um lacre dourado, se destacava dos demais. O endereço da GLOLUS estava escrito em uma caligrafia elegante, com tinta verde. Não havia remetente, mas podiam ler instruções bastante claras: a carta só deveria ser entregue no dia 3 de setembro de 2018.

Alberto rompeu o lacre do envelope fechado havia quase 150 anos e começou a ler em voz alta:

Prezados amigos,

Muitos anos se passaram desde que vocês me deixaram para trás no ano de 1810. Não pretendo adivinhar o que aconteceu naquele dia. Imagino que tenha sido algo bastante sério, pois dom Pedro, desaparecido na mesma data, também nunca mais retornou.

Muitos anos mais se passarão até que esta carta chegue a vocês. Quanto a mim, já terei partido há tempos deste mundo. Mas não se preocupem, pois tive uma longa e estupenda vida no século XIX.

A razão desta carta, porém, não é apenas dar notícias. Escrevo para alertá-los de que, haja ou que houver, jamais enviem dom Pedro de volta ao seu tempo! Capturem-no e entreguem-no ao soberano que estiver reinando em 2018. Ele saberá o que fazer.

Perdoem-me por não explicar em detalhes tudo o que aconteceu desde que nos vimos pela última vez, mas o peso da pena já é grande para a minha mão, agora velha e cansada. Além do mais, vocês já devem saber tudo o que aconteceu comigo pelos livros de História.

Seu eterno amigo,

rei do Grande Reino Unido de Portugal, Brasil, Algarves e Muito Além-Mar,

dom Sebastião II, fundador da dinastia d'Ávidos

— Rei?! — exclamou Ricardo, incrédulo. — Sebastião virou rei?!

— Como? — maravilhou-se Álvaro.

— Eu não sei — respondeu Fernando, também atônito. — Parece que, de alguma forma, Sebastião se aproveitou da ausência de dom Pedro e tomou o trono dos Bragança!

— Com todas as informações que ele tinha do passado, não deve ter sido tão difícil assim! — justificou Alberto.

— O que vamos fazer? — quis saber Álvaro, ainda encantado com a notícia.

— Ora, vamos fazer o que Sebastião mandou! — respondeu Fernando. — Vamos entregar dom Pedro ao atual soberano!

— Que soberano? — cobrou Ricardo. — Deixem de tolices! Sebastião se enganou. O Brasil ainda é uma república. A História não mudou!

— E se ela estiver mudando lentamente? — sugeriu Álvaro.

Ricardo suspirou. Para sua surpresa, porém, Alberto apoiou a teoria.

— Álvaro tem razão! A História pode ser como o mar!

— Ótimo! — resmungou Ricardo. — Agora são dois malucos.

— Não é maluquice! A mudança que estamos esperando pode ser como uma onda no mar que ainda não alcançou a praia.

— Isso quer dizer que as mudanças ocorridas por conta da ausência de dom Pedro... — começou Fernando.

— ...ainda nos alcançarão aqui no presente — completou Alberto. — É só esperar. E, quando isso acontecer, teremos que tirar dom Pedro de cena.

— Mas como saberemos onde ele está? — quis saber Álvaro. — Aquele homem que vimos no incêndio do museu levou o príncipe com ele.

— Temos que descobrir, então, quem era aquele homem.

— Impossível! — declarou Ricardo, apontando o controle remoto para a TV. — É como buscar uma agulha no palheiro.

— O que você está fazendo? — perguntou Alberto, que não apreciava mudanças não autorizadas de assunto ou de atividade.

— A única coisa sensata: procurando notícias sobre o museu. Temos que saber se há a possibilidade de o Portal do Tempo ter sobrevivido ao incêndio. Assim, poderemos devolver o menino à época dele, resgatar Sebastião e acabar com essas teorias malucas. A História é como as ondas do mar... Aff!...

Em silêncio, os quatro começaram a assistir ao noticiário. A tragédia do museu era a matéria principal do dia. Protestos nos portões, entrevistas... Até que um rosto chamou a atenção de Álvaro.

— É ele!

— Ele quem?

— O homem que levou dom Pedro.

No vídeo, um homem falava sobre a enorme perda que o incêndio representava para a ciência. Na parte de baixo da tela estava escrito seu nome:

Augusto Mota — paleontólogo

— É ele — sentenciou Alberto. — E é o homem que temos que procurar se quisermos encontrar dom Pedro I.

— E nós queremos? — desafiou Ricardo.

— Talvez. Vamos esperar um pouco mais. Se depois de alguns dias nada mudar na História, deixaremos o menino em paz.

— E se mudar?... — cobrou Fernando.

— Nesse caso, vamos sequestrar o menino e entregá-lo ao nosso soberano. E então, meus amigos, Deus salve o rei!

Menino do Rio

Quando Felipe acordou na sexta-feira, deu graças por ser feriado. Ir à escola havia se transformado em uma espécie de pesadelo. Todas as manhãs, ele despertava com medo de que as pessoas descobrissem que Pedro... Bem, que Pedro era Pedro. Primeiro e quase único.

Tudo havia começado na segunda-feira, quando a aula sobre a chegada da família real ao Brasil colocou o príncipe sob os holofotes. E como não?

O relato dos nobres disputando espaço nas embarcações de partida em Lisboa fez todo mundo rir. Também fez sucesso a célebre frase da avó dele — dona Maria I — ao cocheiro, a caminho do porto: "Devagar! Queres que pensem que estamos a fugir?". Sem contar a descrição das semanas no mar e do desembarque no Brasil, que prendeu a atenção da turma e surpreendeu até mesmo a professora Eneida:

— Estou impressionada com a riqueza de detalhes com que vocês estudam esse episódio em Portugal!

— Oh, acredito que falem de nossa partida com mais detalhes do que eu mesmo seria capaz de contar. Sabeis como o povo é maledicente quando insatisfeito com as decisões de seus monarcas. Mas, se tivéssemos ficado, teríamos sido presas fáceis para os homens de Napoleão!

— E essa forma cativante de contar a história, como se fosse dom Pedro!...

O príncipe chegou a abrir a boca para fazer uma observação qualquer que não deveria. Como um raio, porém, Felipe saiu de sua carteira e passou um braço por seus ombros, declarando:

— Eu tenho mesmo um primo com uma imaginação incrível!

— E como! — concordou Eneida, puxando aplausos para a apaixonante narrativa do menino português.

— Não se trata de imaginação — sussurrou Pedro, ao ouvido de Felipe, enquanto a turma aplaudia. — São fatos!

— Cale a boca — advertiu o garoto, entredentes.

— Ninguém manda o príncipe da Beira calar a boca! — devolveu Pedro, enquanto acenava como um rei para os alunos que batiam palmas.

— Se não quiser pagar de maluco, esqueça essa história de príncipe! Você está em 2018. Para todos os efeitos, você nem existe mais.

— Como assim, "nem existo mais"?

— Para nós, você está morto há séculos!

A fisionomia de Pedro congelou. O som das últimas palmas se confundiu com o barulho do sinal tocando. Os alunos deixaram a sala de aula correndo, como se o Universo fosse acabar em um *big bang* invertido.

Felipe percebeu a mudança que sua frase infeliz havia causado no outro menino. Mas, antes que conseguisse pensar em alguma coisa para consertar o estrago, Estela desviou sua atenção.

— Nossa, Lipe! Que legal a forma como seu primo narrou a viagem da família real! — comentou a menina, com entusiasmo. — É quase como se ele tivesse estado lá.

— Ele é mesmo especial... — concordou o garoto, meio sem saber o que dizer.

— Lipe — a menina baixou a voz, como quem vai fazer uma pergunta indiscreta. — Ele não acredita que é dom Pedro, acredita?

—Imagine! É claro que não! É que lá em Portugal eles falam engraçado assim mesmo! Tu e vós... Essas coisas...

— Sei... A chegada dele deve ter sido uma surpresa.

— Você não imagina quanto.

— Querem lanchar comigo? Trouxe uvas. E uns biscoitos cobertos com chocolate que eu sei que você gosta.

Felipe levou a mão à nuca, sem jeito.

— Eu... é... Nós adoraríamos. Não é, Pedro? Pedro...?

Felipe olhou ao redor da sala de aula. Estava vazia, a não ser por ele e Estela.

— Ah, não! Ele sumiu! E agora?

Estela franziu a testa.

— Calma! Não precisa entrar em pânico por causa disso! Do jeito que as meninas estão apaixonadas por ele, aposto que não deu dois passos lá fora.

Mas Pedro não estava à vista. Um grupo de garotas conversava perto da porta, mostrando, uma para a outra, alguma coisa no celular.

— Vocês viram meu primo por aí? — perguntou Felipe.

— Ele perguntou onde era a biblioteca.

— Valeu! — agradeceu Felipe, disparando pelo corredor.

— Lipe! Espere! — pediu Estela, correndo atrás dele.

O menino parou, quase sem fôlego.

— Puf... O que foi, Estela?

— Por que você está tão nervoso?

— Eu não posso deixá-lo sozinho!

— Ah, Lipe! Seu primo pode ser meio esquisito, mas...

— Você não está entendendo! Eu preciso encontrar o Pedro!

O tom de voz dele era tão urgente que Estela o acompanhou sem fazer mais perguntas. Entraram na biblioteca na hora exata em que Pedro tirava da estante um livro de História.

— NÃO! — gritou Felipe, ganhando um olhar de reprimenda da bibliotecária. — Desculpe... Eu estava procurando meu primo de Portugal...

Sem uma palavra, ainda fuzilando-o com os olhos, a bibliotecária apontou para onde Pedro estava. Felipe avançou e tomou o livro das mãos dele.

— Largue isso! O que você pensa que está fazendo?

— Você disse que estou morto há séculos! Quero saber o que aconteceu comigo!

— Não! Você não deve saber nada sobre seu futuro!

— É a minha vida!

— É a *minha história*! Minha e de mais de 200 milhões de brasileiros! Droga, Pedro! Saber mais sobre o seu futuro pode alterar a continuidade do espaço-tempo ou coisa parecida...

De repente, Lipe se deu conta de que os olhos de Pedro não estavam mais nele, mas em alguém atrás dele. Com um gemido, lembrou-se de que Estela o havia seguido até a biblioteca. Voltou-se então para ela, devagar. A boca da menina estava tão aberta que o livro que ele segurava nas mãos caberia ali dentro.

Com um fio de voz, Estela dirigiu-se a Pedro:

— Quem é você?

E foi assim que a melhor amiga de Felipe ficou conhecendo a verdadeira história do seu primo português.

***

E foi justamente o fato de Estela saber a verdade que ajudou Felipe a enfrentar a prova de fogo que era ir à escola todas as manhãs. Ele sempre pedia aos pais que ficassem em casa, enquanto os adultos se trancavam no laboratório do professor Acácio, tentando consertar a máquina do tempo. Mas como sua mãe ainda considerava mais seguro irem à escola do que ficarem no apartamento, era para lá que iam todas as manhãs.

Uma das razões que fazia o horário das aulas ser tão difícil era a popularidade do príncipe. Em especial entre as meninas. O dia em que Pedro tocou piano na aula de música, só faltou se jogarem aos seus pés.

— O pior é que o desgraçado toca bem — resmungou Felipe, assistindo ao concerto improvisado do príncipe.

— Foi dom Pedro que fez a música do Hino da Independência — informou Estela, orgulhosa.

— Jura? Aquele que começa com "Já podeis da pátria fiiiilhos"...

— Isso! Parece que ele também tocava violão. Mas não sei se já aprendeu. Afinal, o Pedro ainda está com apenas 11 anos.

Felipe cruzou os braços. Sério.

— Você está sabendo muito sobre a vida dele.

— Andei pesquisando na internet, ora!

— Até tu, Brutus! — suspirou o garoto. — Todas as meninas do colégio estão apaixonadas por essa figura!

— Isso incomoda você?

— Eu?! É claro que não! Só acho ruim porque, assim, elas ficam de olho em tudo o que ele faz!

— E daí?

— E daí que isso aumenta o risco de descobrirem quem ele é!

— Deixe de ser bobo, Felipe! Não vai passar pela cabeça de ninguém que ele é o verdadeiro dom Pedro I!

— Não? Só ontem ele organizou uma batalha simulada com os meninos, ensinou as meninas a dançar o minueto e assinou uma redação como Pedro de Alcântara Francisco António João Carlos Xavier de Paula Miguel Rafael Joaquim José Gonzaga Pascoal Cipriano Serafim de Bragança e Bourbon!

Estela teve que rir.

— Caramba! Quem é que andou mesmo pesquisando sobre Pedro I?

— Se você morasse lá em casa, também saberia o nome dele inteiro. Todo dia a minha mãe faz alguma brincadeira boba sobre isso no café da manhã!

— Ora, ora! Parece que a mãe de alguém também curte o Pedro!

— Curtir é pouco! Minha mãe está louca por ele!

— Ela é uma historiadora, Lipe. Ele é uma figura histórica superimportante para o Brasil. É natural que ela esteja ligada nele. Não precisa ficar com ciúmes!

— EU NÃO ESTOU... — Diante dos olhares de censura de quem estava em volta, Felipe abaixou a voz: — Eu não estou com ciúmes! Fora da escola, tem sido até divertido ficar com o Pedro!

Estela concordou com um movimento de cabeça. Na companhia de Raquel, ela e Felipe haviam mostrado ao príncipe como "pegar jacaré" na praia e jogar futebol na areia.

Eles o ensinaram a chupar picolé e a comer biscoito de polvilho. Apresentaram o guaraná, o suco de caju e a goiabada (com queijo) na hora da sobremesa.

Foram ao Pão de Açúcar (o príncipe vibrou com a subida do bondinho) e ao Cristo Redentor e assistiram a um pôr do sol no Arpoador. Visitaram o Jardim Botânico e o Museu do Amanhã.

Pedro estava maravilhado com a evolução da cidade e ficou triste em saber que, apesar de tanta beleza, também podia haver violência e miséria. Mais um pouco e ninguém mais se lembraria de que ele era português. Ou até mesmo um príncipe. Raquel começou a chamá-lo de "Menino do Rio". Brincando, dizia que o herdeiro do trono ainda ia acabar tocando tamborim em uma escola de samba.

Os últimos dias não haviam sido apenas divertidos, mas *memoráveis*. Estela estava honrada por ter feito parte deles. E tinha certeza de que, apesar de tudo, Lipe também estava. Um dia, ele ainda ficaria orgulhoso de ter ensinado dom Pedro e ser um pouquinho carioca e bem mais brasileiro. Era só superar a dor de cotovelo.

Independência ou morte!

Quando Felipe foi tomar café, seus pais já estavam sentados à mesa, tentando explicar ao príncipe que ele não podia ir à escola naquele dia.

— Por que não? — protestou o menino. — Eu gosto de lá!

— Você não pode ir à aula porque hoje a escola está fechada — esclareceu Augusto. — É feriado.

— É dia de algum santo?

— Não exatamente! — respondeu Raquel, prendendo o riso. — É por causa de uma coisa que alguém fez pelo Brasil.

— Boa?

— Sim.

Pedro levou uma garfada de ovos mexidos à boca, perguntando:

— É daquelas coisas que eu não posso saber?

Raquel havia estabelecido com Pedro a regra de que havia coisas que ele podia saber e outras que não podia. Embora morresse de curiosidade em relação às coisas que não podia saber, o menino respeitava os limites estabelecidos. Não fazia perguntas sobre si mesmo, sua família ou a história do Brasil.

Mesmo assim, por precaução, todos os livros da casa que falavam sobre o Império brasileiro haviam sido trancados no armário. E ninguém, absolutamente ninguém tocava no assunto da Independência.

— É, Pedro. A razão desse feriado é uma daquelas coisas que você não pode saber. E não fale de boca cheia!

O príncipe pediu desculpas, sorrindo com os olhos, de um jeito que derretia até mesmo estátuas de pedra.

Os olhos da própria Raquel se encheram de água ao contemplar o menino. Era uma experiência única tomar café da manhã com dom Pedro I em um dia 7 de setembro.

— Sobrou ovo pra mim? — cobrou Felipe, enciumado.

A resposta da mãe foi destampar a frigideira, repleta de clara e gemas fritas misturadas, com uma expressão marota.

— Isso responde à sua pergunta?

O filho sorriu amarelo e foi salvo de ter que pedir desculpas pelo toque da campainha. Augusto deixou a mesa e foi atender. Era Estela.

— Bom dia, família! Bom dia, Alteza! — saudou a menina, esfuziante, carregando uma pequena bolsa de viagem.

— Por que trouxe uma bolsa? — estranhou Felipe.

— Minha mãe vai viajar com o namorado, e Pedro me convidou para ficar aqui.

Felipe quase engasgou com o suco.

— O Pedro convidou você?

— Convidou. Ele não é uma graça?

— Não — rosnou o garoto, baixinho, de forma que só a mãe ouviu.

— Você é sempre bem-vinda, Estela! — saudou Raquel, sorrindo para a menina e erguendo uma das sobrancelhas para o filho.

Pedro ficou de pé para receber sua convidada. Todo galante, beijou a mão dela, perto de um anel de estrela que não saía do dedo da menina.

— Fico encantado que tenha aceitado o convite para se hospedar conosco.

Estela foi ficando vermelha, enquanto os lábios desenhavam um sorriso adorável. Ao ver aquilo, Felipe se pôs de pé na mesma hora, puxando a cadeira para a amiga sentar.

— Nossa! — exclamou a menina, sentando-se com o que esperava que fosse a delicadeza de uma dama. — Estou adorando seu contato com a realeza, Lipe!

Raquel caiu na risada.

— Não é? O Lipe está praticamente um marquês!

Pedro ergueu o copo de suco de laranja, como se fosse fazer um brinde.

— Pois em minha corte, além de nobre, meu amigo seria conselheiro do rei!

— E eu seria o quê? — quis saber Estela.

— Uma estrela, como o anel que sempre trazes no dedo!

— Tem a ver com meu nome — explicou Estela, admirando o anel. — É a minha luz...

— Tu és tua própria luz.

Felipe resolveu encher a boca de ovos para não fazer nenhum comentário enciumado.

Augusto disfarçou o riso, consultou o relógio e se dirigiu à esposa:

— Eu sei que é tentador passar mais tempo com as crianças, mas temos que ir para o laboratório.

— Eu sei — respondeu Raquel, realmente tentada a ficar. — Prestem atenção, os três: Lipe, eu sei que você nunca ficou sozinho antes, mas vai dar tudo certo. Estela, não tente dar conta de tudo sozinha. Se precisar de ajuda, peça. E você, Pedro, respeite as regras das coisas que não pode saber, está bem?

Dito isso, Raquel beijou o filho, Estela e... Pedro.

Nos últimos dias, depois do estranhamento inicial, o príncipe passou a achar encantador receber beijos maternais. Não que ele acreditasse que Carlota Joaquina fosse um dia aderir às manifestações de afeto do século XXI. Ou de qualquer época, para ser sincero. Mas isso não impedia que ele apreciasse o carinho da mãe de Felipe.

Depois de mais algumas recomendações sobre ficarem longe do fogo, de janelas e de facas afiadas, além do clássico "não abram a porta pra ninguém", os adultos deixaram o apartamento.

Pedro apontou para a mesa com um gesto de anfitrião, dirigindo-se a Estela:

— Tu me darias a honra de participar de nosso desjejum?

A menina não se fez de rogada, servindo-se dos ovos mexidos.

— Que delícia! Parece até café da manhã de hotel!

Felipe apontou Pedro com o garfo, quase de forma acusadora.

— É que Sua Majestade adora ovos. Agora temos ovos todo santo dia!

O príncipe ergueu os olhos travessos do prato.

— E isso não é bom?

Felipe resmungou qualquer coisa, concentrando-se em sua refeição.

Estela puxou assunto com Pedro, perguntando como eram as refeições da família real. Durante algum tempo, os dois conversaram com animação sobre o cardápio do palácio e os banquetes presenciados pelo príncipe.

Quando acabaram de comer, a menina ficou de pé, prato vazio na mão.

— Vou tirar a mesa.

— Eu ajudo — ofereceu-se o futuro rei, também colocando-se de pé.

— Não precisa. O Lipe vai me ajudar.

Pedro deu de ombros, aliviado. Era capaz de lavar e escovar cavalos com disposição, mas as tarefas domésticas não estavam entre as suas favoritas.

Estela empilhou alguns pratos e fez sinal, com o queixo, para Felipe acompanhá-la até a cozinha. De lá, ouviram a TV — que Pedro chamava de "tela mágica" — sendo ligada.

Desde que descobrira as propriedades quase divinas do controle remoto, o príncipe se divertia trocando de canal como quem respirava. Só parava de zapear quando encontrava desenhos animados antigos, como Pernalonga, ou os filmes mudos de Charles Chaplin.

— Qual é a da cara amarrada, Lipe? — cobrou Estela, despejando os pratos dentro da pia.

— Não estou de cara amarrada — rebateu o menino.

— Não acredito que você ainda está com ciúmes do Pedro!

— Só porque o meu celular não para de apitar com mensagens enviadas para ele? Bobagem!

— O seu celular?

— De quem mais seria? Ainda não chegamos a ponto de comprar um celular para Sua Majestade! Em quatro dias na escola, Pedro de Alcântara já recebeu mais mensagens do que eu jamais recebi na vida! Sem contar minha mãe! Você acredita que a minha mãe gravou várias conversas com o Pedro? Gravou!

— Lipe, assim que eles consertarem o Portal do Tempo, o Pedro vai voltar para a época dele. Ela nunca mais vai poder falar com ele. Você também devia aproveitar...

— Para quê? Estudar história do Brasil ao vivo?

— Para fazer um amigo. Não que você tenha muitos. Principalmente que respeitem tanto você a ponto de querer os seus conselhos.

O menino mordeu o lábio inferior, em silêncio.

Estela pegou a esponja da pia e jogou detergente nela.

— Minha mãe disse que podíamos deixar a louça na pia — lembrou Felipe. — Ela não quer que a gente corra o risco de se cortar, caso alguma coisa se quebre.

— Eu sei. Mas não custa nada lavar. E eu não vou quebrar nada. Traga os copos.

O garoto obedeceu, indo para a sala. No entanto, antes que pegasse o resto da louça que ainda estava em cima da mesa, lançou um olhar para Pedro. O príncipe estava de pé, hipnotizado pela imagem da televisão.

Curioso, Felipe esticou os olhos para a tela. Para seu horror, em um antigo filme em cores desbotado, um homem montado em um cavalo bradava:

— Eu nada mais quero do governo de Lisboa! Nenhum laço nos une mais! Pelo meu sangue, pela minha honra e pelo meu Deus, juro promover a independência do Brasil! INDEPENDÊNCIA... OU MORTE!!!

Os soldados ao redor repetiram a frase famosa. Mas antes que qualquer outra cena se desenrolasse, Felipe deu um salto, arrancando a TV da tomada.

— Ei! — reclamou Pedro. — Eu quero ver o resto!

— Não interessa! Acabou a TV!

— Quem era ele?

— Não posso falar!

— Tu tens de me contar quem era! Aquele homem queria separar o Brasil de Portugal! É um traidor!

— Você fala isso agora, Pedro. Um dia, vai mudar de ideia!

— Eu nunca mudarei de ideia em relação a isso! Separar o Brasil de Portugal é uma traição ao reino de minha avó e de meu pai! É uma traição ao *meu* reino!

Estela veio da cozinha nessa hora, com o pano de prato em punho.

— Felipe, cadê o resto da louça?

— Desculpe, mas rolou um estresse aqui.

— Estresse? Como assim?

— A cena principal do filme *Independência ou morte* tá bom pra você?

— O quê?!

— Frase ridícula... — resmungou Pedro, quase bufando. — Quem grita um negócio desses? Só mesmo um traidor!

Estela torceu o pano de prato nas mãos, nervosa.

— Traidor?

— Ele acha que o cara mais importante da cena, *que ele não sabe quem é*, era um traidor — explicou Felipe, gesticulando de forma exagerada para Estela entender.

O herdeiro da Casa de Bragança começou a andar pela sala, furioso. Parecia um leão enjaulado.

— Quem é ele? Em que buraco se esconde tal víbora?

A menina aproximou-se do príncipe com a cautela de uma domadora sem chicote ou cadeira na mão.

— Pedro...

— Sua Alteza Real, príncipe da Beira! — corrigiu o menino, fora de si. — Não se esqueça de quem eu sou! Porque eu não me esqueci. Assim como também não me esqueci de meus deveres e lealdades!

— É claro, Alteza! — concordou Estela, torcendo ainda mais o pano de prato nas mãos, querendo acalmá-lo. — Ninguém esperaria que fosse diferente.

— Será que é melhor chamar a minha mãe? — murmurou Felipe, começando a entrar em pânico.

— Não! — rosnou Estela. — Pare com essa mania de chamar sua mãe para tudo! Pedro, preste atenção... Você gosta do Brasil?

— Muito! Mas daí a querer vê-lo independente...? Vamos, Estela! Conte para mim: quem é o traidor que aparecia na tela mágica?

Estela trocou um olhar com Felipe, que surgiu com uma solução para o impasse:

— Pedro, você disse que, na sua corte, eu seria, além de nobre, seu conselheiro...

— Minha memória não falha. Lembro-me bem do que disse ainda há pouco.

— Pois é... Então ouça meu conselho: quando minha mãe chegar, nós pediremos que ela explique direitinho essa história da Independência do Brasil. Combinado?

Pedro ergueu o queixo, com uma expressão arrogante no rosto.

— Por que não agora?

— Porque ela é historiadora e vai fazer isso melhor do que eu. E um príncipe merece o melhor, certo?

— Certo. Esperemos por tua mãe, então.

Felipe e Estela soltaram um suspiro de alívio que durou muito pouco, pois o príncipe logo exigiu:

— Mas enquanto ela não chega, quero sair de casa!

— O quê?! — assustou-se Felipe. — Não, senhor!

— Não aguento mais ficar trancado! — explodiu Pedro. — Quero andar pelas ruas! Quero examinar, com meus olhos, este Brasil que se diz independente de Portugal!

— Não temos feito outra coisa nos últimos dias que não fosse andar por aí!

— Mas eu ainda não sabia que um traidor havia tornado o Brasil independente!

— Minha santa paciência! — exclamou Estela, jogando o pano de prato sobre a mesa. — Está bem, Pedro! Você venceu! Vamos ao *shopping*!

— Ao *shopping*? — espantou-se Felipe, quase entrando em pânico.

— O que é um "xópim"? — quis saber o príncipe.

— É tipo a praça do mercado.

— Ótimo! Serve-me bem como distração! Vou me trocar.

Quando Pedro foi mudar de roupa, Felipe virou-se para a amiga, com os olhos arregalados como dois pires de café.

— *Shopping*?! Você enlouqueceu, Estela?

— *Shopping* tem cinema, tem *games*, tem hambúrguer e é fechado! A gente vai, passeia, acalma a fera e volta. O que pode dar errado?

— Tudo! Vamos chamar minha mãe...

— Se você chamar sua mãe, não fale mais comigo, Felipe! Que mania! Siga o exemplo do nosso amigo e declare logo essa independência ou morte, caramba!

O garoto gemeu. Tinha certeza de que a ideia de Estela estava mais para morte do que para independência. Mas era preciso se arriscar um pouco, ou perder para sempre o respeito daquela menina.

— Está bem, Estela. Nós vamos. Mas que fique registrado: não vai dar certo.

— Você sempre diz isso.

— História por história, seria melhor brincar de "Dia do Fico" e ficar em casa.

A menina não respondeu, recolhendo o resto da louça de cima da mesa.

Quando Pedro voltou, vestido com sua roupa de 1810 e munido de sua espada de madeira, Felipe teve a confirmação de que, realmente, a ideia terminaria em desastre.

— Que invenção é essa, Pedro? Aonde você vai com essa roupa?

— Deixe — aconselhou Estela. — Não vamos criar caso! Vá como quiser, Pedro. Hoje é seu dia.

O príncipe não compreendeu o comentário, mas também não fez questão de lembrar que fazia aniversário em outubro. Apenas puxou o colete cor de areia para baixo, aprumando-se.

Sentia falta do conforto dos tênis e da calça *jeans*, mas nunca daria o braço a torcer. Ele era (ou deveria ser) o futuro rei de Portugal, do Brasil e de mais um monte de colônias ao redor do globo. Tinha que se vestir com o máximo de apuro possível, e não como todos os plebeus do século XXI.

— Às ruas! — conclamou Pedro, espada de madeira apontando para a porta.

— Às ruas... — repetiu Felipe, suspirando como se caminhasse para a forca.

Aquele seria o feriado mais longo de sua vida.

O império contra-ataca

O dia 7 de setembro é considerado feriado em todo o território nacional, com a notável exceção da "Glolus — Restaurações históricas", que não reconhecia na data um motivo de celebração. Por isso, às oito da manhã em ponto, como de hábito, os quatro homens semelhantes, trajando ternos pretos idênticos e chapéus antiquados iguais, chegaram ao trabalho.

A secretária, usando seu impecável uniforme verde-esmeralda, com um lenço vermelho no pescoço, cumprimentou-os da mesma forma que fazia todos os dias:

— Bom dia, cavalheiros.

Os quatro responderam ao cumprimento e foram para a sala de reuniões, como de costume. Logo, uma batida discreta na porta anunciou que a secretária estava entrando. Ela pousou a bandeja e serviu uma xícara de café para cada um. Por fim, deixou sobre o centro da mesa as cartas dirigidas à Glolus. Já estava saindo da sala de reuniões quando, quebrando a rotina pela segunda vez naquela semana, falou:

— Desculpem-me, mas aconteceu algo inusitado ainda há pouco...

— De novo, senhorita Vaz? — perguntou Fernando. — O que houve?

— Uma carta, senhor.

— Outra carta postada no século XIX?

— Desta vez parece recente. E não foi postada, mas entregue em mãos.

— Por quem?

— Oficiais do rei.

— Que rei?

A secretária encarou o patrão de alto a baixo.

— Como assim, senhor? Só temos um rei.

— É claro — disfarçou Fernando, sem ter ideia de quem ela estava falando.

Mal a secretária deixou a sala, os quatro homens se jogaram em cima da pilha de correspondência. Entre as propagandas e contas a pagar, destacava-se um envelope branco, estalando de novo, lacrado com um selo dourado.

Alberto quebrou o lacre e retirou a carta do envelope, lendo-a em voz alta:

Saudações, srs. restauradores!

Venho, por meio desta, solicitar que executem o plano traçado, em 1870, por meu antepassado e fundador da dinastia d'Ávidos, Sua Majestade, o rei Sebastião II. Aguardo o mais rápido possível, ao cair da noite, de preferência, a entrega da "encomenda" em meu Palácio de Verão.

Cordialmente,
Dom Henrique Afonso I
Rei do Grande Reino Unido de Portugal, Brasil, Algarves e Muito Além-Mar

Os quatro nem precisaram trocar uma palavra para saber qual seria o próximo passo.

Não haviam feito outra coisa nos últimos dias a não ser seguir a família do paleontólogo Augusto Mota, estudando sua rotina e seus hábitos. Sabiam de cada passo que eles davam. E, mais importante: sabiam de cada passo que dom Pedro dava.

Esperavam apenas um sinal qualquer para agir. E ele chegou na forma daquela carta.

Era hora de o império contra-atacar.

***

Sendo feriado, os restauradores apostaram suas fichas em vigiar o prédio de Augusto para encontrar o príncipe. Tinham acabado de estacionar a van que dirigiam quando flagraram Pedro, o filho do paleontólogo e a menina que sempre acompanhava os dois — Estela — deixando o prédio.

— Eles estão saindo! — exclamou Álvaro. — Vamos pegar a "encomenda"!

— Calma — recomendou Alberto. — Não há pressa. Vamos segui-los. Pelo jeito, os meninos estão sozinhos, o que vai facilitar bastante. É só sabermos esperar o momento certo.

Sem perder o alvo de vista, os quatro conduziram o veículo que ocupavam até onde foi possível, próximo a um *shopping*.

— Essa não! — reclamou Fernando. — Os garotos vão levar horas lá dentro!

— O pior não é isso — lembrou Ricardo. — E se os adultos resolverem se encontrar com eles para almoçar ou coisa parecida? Podemos dar conta dos meninos, mas não de todos eles!

— Podemos garantir que os adultos não cheguem até aqui — sugeriu Alberto.

— Como?

— Com um pequeno telefonema para as pessoas certas. Não se esqueçam de que, nessa nova ordem das coisas, nós somos dos poucos que conhecem a verdade. Por conta disso, sabemos muito bem quem são as ameaças ao reino atual. E onde elas devem estar agora.

***

O *shopping* ficava a apenas duas quadras do prédio de Felipe. Mesmo assim, para o garoto, o esforço de chegar até ali sem os pais foi como ter escalado o Himalaia.

— Viu? — falou Estela, assim que passaram pela porta. — Já estamos aqui, sem a sua mãe e seu pai, e nada aconteceu!

Pela primeira vez desde que se conheceram, Felipe fez cara feia para ela.

Pedro, alheio à tensão entre os dois, não parava de olhar em todas as direções, maravilhado e atordoado com todas aquelas luzes e cores. Para entretê-lo, Estela sugeriu que buscassem a área de lazer e começou a guiar o príncipe, devagar, pelo *shopping*. Quanto mais tempo gastassem distraindo-o da questão da Independência, melhor.

— Engraçado... — comentou Felipe. — Não estou reconhecendo a maior parte das lojas.

— Eu também — concordou Estela, apontando para uma lanchonete que não se lembrava de ter visto antes. — O que são "sandes"?

— Sanduíches — esclareceu o amigo. — Eles chamam de "sandes" em Portugal.

— Como é que você sabe?

— Já fui até lá com meus pais.

Estela aproximou-se do cardápio, curiosa, e leu em voz alta:

— Prego, bifana, francesinha... Pelo jeito, estamos mesmo diante de uma loja de sanduíches portugueses.

— E ao lado agora existe uma loja de doces portugueses que não havia antes! — reparou Felipe, intrigado. — Parece que a "terrinha", como diz meu avô, está em alta!

— O que é estranho — observou o príncipe, cujo orgulho ainda estava ferido pela notícia da independência da ex-colônia. — Afinal, se o Brasil se separou de nós, era de esperar que não quisesse mais saber de nossas comidas também...

Felipe percebeu ainda que o quiosque de cafezinho oferecia uma "bica". Também havia dois (dois!) restaurantes especializados em pratos lusos. Um deles servia bacalhau de todas as maneiras imagináveis.

Para completar a sensação de estranhamento, dois amigos passaram conversando ao lado deles com sotaque português, caprichando nas vogais abertas.

— Tu acompanhaste o jogo de ontem? Sei que não somos adeptos das mesmas equipas, mas que bela defesa do guarda-redes do Realeza Rio!

— Estamos na Semana de Portugal, é isso? — sussurrou Estela para os garotos. — E que time estranho é esse? Realeza Rio?

— Do que eles estão a falar? — indagou Pedro, um pouco perdido.

— Futebol — esclareceu Felipe, começando a ficar incomodado. — Eu acho...

Foram reparando, aos poucos, que muitas pessoas ao redor estavam conversando com sotaque de Portugal. Outras misturavam o português falado no Brasil com expressões portuguesas. Havia também quem falava como eles, mas, no geral, era como se os três tivessem mergulhado em outra dimensão.

Quando Estela voltou do banheiro informando que havia um aviso esquisito para não deixar de apertar o autoclismo do retrete, Felipe teve certeza de que estavam vivendo em uma espécie de universo paralelo. Um universo paralelo português.

***

Embora não fossem físicos, Augusto e Raquel ajudavam no que podiam no laboratório do professor Acácio. A formação científica do pai de Felipe estava se revelando bastante útil. A participação da mãe, porém, seria mais valiosa depois que o portal voltasse a funcionar.

— Não estou fazendo nada agora — informou Raquel, examinando, entediada, uma peça de metal. — Será que não seria melhor ficar com as crianças?

Sua irmã nem ergueu os olhos dos cálculos que fazia para responder.

— Já expliquei que estamos prestes a realizar o primeiro teste do protótipo. Seria bom contar com uma historiadora nessa hora.

— Eu sei. Mas eu poderia vir para cá somente quando o portal estivesse pronto para ser testado.

— Vá verificar se alguma coisa mudou na história do Brasil, Raquel. Ocupe-se.

— Até agora não percebi nada de estranho. Além do mais, não tenho certeza se serei capaz de perceber as tais mudanças históricas que estamos esperando. Afinal, quem me garante que eu também não mudei e acharei tudo normal?

Foi o professor Acácio que tirou os olhos dos delicados circuitos do novo Portal do Tempo para responder:

— Acredito que você possa perceber as mudanças nos acontecimentos históricos por estar imunizada pela verdade.

— Como é que é? — estranhou Raquel.

— Acho que tudo ao seu redor pode mudar, mas como você sabe o que está por trás disso, será capaz de enxergar o que faz parte da história original e o que não faz.

— E qual seria a base científica para essa teoria?

— Uma pequena experiência feita por mim e por Lia em nossa viagem no tempo. Fizemos uma ligeira modificação na história e fomos capazes de reconhecê-la nos dias atuais.

Raquel desceu do banco alto onde estava sentada.

— Vocês venceram. Vou conferir as notícias. Aproveito e faço um café. Está bem assim?

— Ótimo — resmungou Lia, que não gostava de ninguém atrapalhando sua concentração enquanto lidava com suas fórmulas.

Raquel tomou o caminho da cozinha do professor, com a qual já estava familiarizada. Colocou água para ferver e ligou a pequena televisão presa à parede. De imediato, foi saudada por um inconfundível sotaque português fornecendo a previsão do tempo:

— O tempo hoje, na maior colônia portuguesa, permanece ensolarado, com a temperatura média na casa dos 22 graus.

"Canal português", pensou a historiadora, buscando as canecas de ágate azul para colocar o café. "Que engraçado... Não me lembro de haver mais nenhuma colônia portuguesa no mundo."

As notícias na TV prosseguiam:

— Após a viagem para a província de Minas Gerais, o rei Henrique Afonso já se encontra novamente no Rio de Janeiro, para o encontro que dividirá o planeta entre os mais poderosos líderes da Terra. O encontro terá lugar este final de semana, no Palácio de Verão, em Sebastianópolis, na região serrana.

— Ah, não! — exclamou Raquel, horrorizada. — Aconteceu!

***

Quanto mais a professora pesquisava em seu celular sobre a nova história do Brasil, transformada da noite para o dia, menos ela gostava do que descobria.

O sumiço de Pedro, em 1810, matou seu pai de desgosto. Logo a seguir, Carlota Joaquina foi picada por uma cobra venenosa, durante um passeio a cavalo.

Com a morte dos pais, Miguel subiu ao trono ainda criança. Para surpresa de todos, fez questão de nomear como seu primeiro-ministro um tal Sebastião D'Ávido, homem de passado misterioso a quem o menino era muito apegado.

Poucos anos depois de subir ao trono, Miguel foi despachado para uma viagem diplomática à África e nunca mais retornou. Nessa altura, o poderoso primeiro-ministro era a escolha natural e mais segura para comandar o reino português.

A Casa de Bragança foi substituída no trono pela Dinastia dos Ávidos. O primeiro rei da nova dinastia era agora chamado de dom Sebastião II, também cognominado o Vidente, por seu incrível dom de prever o futuro.

Uma vez no trono, Sebastião voltou para Portugal, expulsou Napoleão de suas terras e, em pouco tempo, diversos países da Europa se viram tomados por tropas portuguesas. Nasceu assim o Grande Reino Unido de Portugal, Brasil, Algarves e Muito Além-Mar.

Hoje, o Grande Reino Unido era um império comandado com mão de ferro por dom Henrique Afonso I. Pequenas rebeliões tentavam combater a tirania do rei, mas seu poder era tão grande que ninguém conseguia enfrentá-lo.

Quanto mais lia sobre a nova história do Brasil, mais Raquel se apavorava. Se o rei dessa nova realidade soubesse que dom Pedro estava vivo (e vivendo em seu apartamento), todos eles seriam presos. Ou coisa pior. Bem pior.

Atividades suspeitas

Felipe estava considerando telefonar para sua mãe e contar que estavam mergulhados em uma espécie de universo paralelo português. A única coisa que o impedia de fazer isso era ter que explicar o que estavam fazendo fora de casa. Por isso, quando o celular vibrou em seu bolso, o garoto deu um pulo, como se tivesse sido apanhado em flagrante por Raquel.

— Alô?

— Lipe?

— Oi, mãe!

— Tudo bem aí em casa?

O menino hesitou, sem coragem de dizer que estavam no *shopping*. Para não preocupá-la, acabou respondendo apenas:

— Está tudo bem.

— Ótimo! Então preste atenção no que vou dizer agora: a ausência de dom Pedro fez a História mudar de maneira radical. Em nossa nova realidade, o Brasil não se separou de Portugal. E, para piorar, somos governados atualmente por um rei tirano. Se ele descobrir que o príncipe está em nosso tempo, Pedro corre um grande perigo!

Antes que Felipe pudesse fazer qualquer pergunta, o som do interfone tocando distraiu Raquel.

— Filho, eu ligo depois. Estão tocando a campainha. Tome muito cuidado, por favor. Não abra a porta para ninguém e não deixe o Pedro botar o pé fora de casa, entendeu?

— Claro...

— Ótimo! Falo com você depois. Se cuidem!

***

Raquel desligou o celular e atendeu imediatamente ao interfone.

— Pois não?

— Estamos procurando pelo professor Acácio Pinheiro.

O tom de voz autoritário despertou a desconfiança da historiadora.

— Quem quer falar com ele?

— Oficiais de Sua Majestade, o rei Henrique Afonso I.

— O professor Acácio não está. Quer deixar recado?

— Quem está falando?

— A empregada — mentiu Raquel.

— Abra o portão, senhora. Tenho uma mensagem para entregar ao professor.

— O senhor me dê dois minutinhos, estou com uma panela no fogo. Já vou abrir.

Raquel desligou o interfone com o coração disparado.

Augusto, que estava entrando na cozinha para reclamar do café que não saía, percebeu a palidez da mulher.

— Está tudo bem, Quel?

— Não.

— O que houve? Lipe?

— Ele está bem. Foi a nossa história que mudou.

— Como? Quando?

Raquel respirou fundo, tentando colocar as ideias em ordem.

— Não sei! Só percebi agora!

— O que mudou?

— Ainda não sei ao certo, mas o Brasil não se tornou independente de Portugal. Um tal de Sebastião tomou o poder depois de 1810 e fundou uma nova casa real.

— Sebastião! — exclamou Augusto, reconhecendo o nome. — Pedro disse que um homem chamado Sebastião usou o Portal do Tempo! E se ele ficou no passado e deu início a toda essa confusão?

— É bem provável, mas não vai dar para debater o assunto agora! Só para resumir: o Brasil é governado hoje por um tirano, descendente desse Sebastião. E, no momento, um oficial do reino está lá fora querendo falar com Acácio. Eu tenho que abrir o portão e enrolar o cara. Enquanto isso pegue Lia, o professor e a máquina e deem o fora daqui pelo portão lateral!

— Está louca? Eu não vou deixar você enfrentar essa gente sozinha!

— Augusto, algo me diz que o novo rei sabe sobre o Portal do Tempo. E não deve estar nem um pouco feliz com isso. Vocês têm que salvar a máquina, ou nunca mais seremos capazes de consertar as coisas!

— Raquel...

— O oficial não sabe quem eu sou. Vou fingir que trabalho aqui. Vai ficar tudo bem. Nós nos veremos depois!

Augusto sabia reconhecer decisões lógicas quando topava com elas. Com um último olhar preocupado para a esposa, correu para o laboratório.

***

Embora tivesse recomendado ao filho que não abrisse a porta para ninguém, Raquel não pôde seguir seu próprio conselho. Teve que abrir o portão da casa do professor Acácio para enfrentar dois homens de uniforme verde-esmeralda e insígnias vermelhas nos ombros.

— Pois não? — ela saudou, fazendo de conta que enxugava as mãos em um pano de prato, agarrado à última hora. — Como posso ajudar os senhores?

— Falando a verdade, para começar — respondeu um deles, analisando o rosto dela e conferindo com uma imagem na tela do celular.

— Como?

— Você não é a empregada da casa. Você é a professora Raquel Diniz Mota.

Por um instante, Raquel ficou muda. Ela acreditava que os homens do rei tinham informações apenas sobre o professor Acácio e suas experiências com viagens no tempo. Estava errada. Pelo jeito, aqueles oficiais tinham a ficha completa de todos eles:

Acácio, Augusto, Lia, ela... e, certamente, Lipe, Estela e Pedro. Estavam perdidos.

Com o coração batendo tão forte que parecia que iria sair pelas costelas, Raquel engoliu seco.

— O que deseja, senhor?

— A senhora, seu marido e os dois físicos estão detidos para interrogatório por prática de atividades suspeitas contra o reino.

— Atividades suspeitas contra o reino? Eu?!

O homem aumentou o volume da voz, tentando impor autoridade.

— Não é a senhora que determina o que são atividades suspeitas. É o rei.

— E como o rei sabia onde poderia me encontrar?

— Temos informantes, senhora. E eles nos passaram que a senhora e os outros estariam aqui fazendo experiências suspeitas.

— Como o quê?

— A senhora sabe muito bem.

— Sei?

— Já chega! Estão todos detidos para averiguação!

— Não há mais ninguém em casa — mentiu a professora, rezando, porém, para que os outros três já tivessem conseguido, de fato, sair.

— Mesmo assim, vamos verificar.

Raquel não teve outro jeito a não ser oferecer passagem aos oficiais do rei.

***

Após desligar o celular, Felipe falou em voz baixa, com um ar grave, para Estela e Pedro:

— A História mudou.

— O quê? — surpreendeu-se Estela. — Então é por isso que estamos vivendo nessa... nessa *Portugal Fashion Week*?

— Exato! — confirmou o menino. — Minha mãe disse que o Brasil não se separou de Portugal. E se descobrirem que Pedro está com a gente...

— Eles vão querer apanhá-lo!

— Exatamente! — reforçou Felipe. — Precisamos protegê-lo.

— Do que estais a falar? — quis saber o príncipe, confuso. — Parece que todos, sem exceção, perderam o juízo!

Depois de trocar um rápido olhar com Estela, Felipe esclareceu:

— Sua ausência mudou os acontecimentos do passado, Pedro. Tem outra pessoa no trono...

A notícia enfureceu o príncipe:

— Quem ousou usurpar o trono de meu pai? O homem da tela mágica?

— Não. Foi outro cara. E, por causa disso, você pode estar em perigo.

O príncipe retirou a espada de madeira da bainha.

— Não tenho medo de usurpadores!

Felipe arregalou os olhos, empurrando a espada de brinquedo de volta para ele.

— Fale baixo, pelo amor de Deus! E guarde esse negócio. Você não ouviu o que eu disse antes? A História mudou. Minha mãe disse que, agora, somos governados por um tirano. E você representa uma ameaça ao reinado dele. Temos que voltar para casa o mais rápido possível!

***

Dentro da van, os quatro homens iguais aguardavam a saída dos garotos, entediados. Foi quando Fernando quebrou a monotonia, apontando para a porta do *shopping*.

— Lá estão eles!

Os quatro se prepararam para o ataque. Mal os três passaram na calçada, a porta da van foi aberta com um estrondo.

Álvaro empurrou Lipe no chão e Ricardo cuidou de Estela. Enquanto isso, Fernando empurrava o príncipe para dentro da van.

— Pedro! — gritaram Felipe e Estela, ainda no chão, tentando se levantar.

Álvaro e Ricardo tornaram a empurrar os dois para a calçada e entraram na van, onde Pedro se debatia como um animal selvagem.

Alberto arrancou com o veículo, que desapareceu dobrando a esquina.

Estela foi a primeira a se colocar de pé, estendendo a mão para o amigo.

— Tudo bem com você?

Felipe fez que sim com a cabeça, também erguendo-se do chão.

— Eu disse que essa ideia de ir ao *shopping* não ia dar certo! — resmungou o menino, batendo a poeira da roupa.

— Jura, Lipe? É só nisso que você consegue pensar?

— Minha mãe vai me matar!...

— Pode ser que não... — observou Estela, agachando-se para pegar um objeto caído na calçada.

— Como não? Você tem noção de quem nós acabamos de perder, Estela? Foi só dom Pedro I! Em pleno dia 7 de setembro!

A menina encarou-o, com uma das sobrancelhas levantadas.

— Você vai ficar velho rápido, sabia? Como reclama! Que coisa!...

— A única coisa que faria minha mãe perdoar a nossa falta de cuidado seria encontrar Pedro são e salvo!

Estela abriu a mão, exibindo o objeto recolhido da calçada.

— Talvez isto aqui possa nos ajudar a fazer isso.

Entre seus dedos, brilhava um crachá no qual estava escrito "Glolus — Restaurações históricas".

O rapto do menino dourado

O coração de Raquel disparava a cada cômodo da casa do professor Acácio inspecionado pelos oficiais do rei. Mas tudo o que eles encontraram, no final das contas, foi um laboratório vazio, algumas janelas do segundo andar da casa abertas e o portão lateral escancarado.

Ao ver a passagem aberta, o chefe ordenou:

— Examinem os arredores! Os cientistas não devem estar longe!

A historiadora franziu o nariz. Os outros podiam ter sido um pouco mais cuidadosos, fechando o portão. Mas estava tão aliviada que tivessem conseguido escapar, levando a máquina do tempo com eles, que nem se importou muito com aquele pequeno deslize.

— Quanto à senhora, queira nos acompanhar — ordenou o oficial.

— Eu? Para quê?

— Um simples interrogatório.

— Posso, ao menos, telefonar para o meu marido?

— Não há necessidade. Após o interrogatório, traremos a senhora de volta.

— Mas, minha bolsa... Meus documentos... Meu celular...

— Como já disse, traremos a senhora de volta.

Raquel não teve outro remédio a não ser acompanhar os oficiais do rei de mãos abanando.

***

Embora todos, inclusive Raquel, estivessem pensando que o professor Acácio e os outros haviam deixado a casa pelo portão lateral, a verdade era outra. Os dois físicos, mais o paleontólogo, estavam bem escondidos, o tempo todo, entre os galhos frondosos da velha mangueira do quintal.

Augusto tentou até descer da árvore para confrontar os oficiais, ao vê-los levando sua mulher. Quem impediu que ele colocasse tudo a perder foi Lia.

— Não faça isso, Augusto! Se eles descobrirem a máquina do tempo, será pior!

— Pior do que levarem Raquel?

— Escute aqui, Batman: ela é minha irmã. Eu quero descer e tirar satisfações tanto quanto você! Mas tudo que vamos conseguir é acabar todos na mesma situação: detidos pelos homens do rei. E aí, quem vai salvar o dia? As crianças?

Augusto resmungou, inconformado. Mas a cunhada tinha razão. A melhor forma de ajudar Raquel seria colocar a máquina do tempo para funcionar o mais rápido possível.

***

Estava sendo necessária a força de três homens para dominar Pedro. O príncipe chutava e gritava impropérios com toda a força dos pulmões:

— Traidores! Malditos traidores!

O garoto só sossegou quando Ricardo, impaciente, deixou-o desacordado com uma pancada na cabeça.

— Avisamos aos oficiais do rei que conseguimos capturá-lo? — quis saber Fernando, observando o príncipe desmaiar. — Afinal, já informamos a eles sobre o Portal do Tempo...

Sentado ao volante, de olho no trânsito, Alberto respondeu:

— Não. Já basta que os oficiais tenham ficado com a honra de prender o professor Acácio e os outros três. Não precisamos que eles levem dom Pedro para o rei, tirando a nossa glória. Acomodem o menino e cuidem para que não se machuque. Faço questão de entregá-lo inteiro a Sua Majestade.

O corpo agora amolecido do príncipe foi deitado com cuidado no chão do veículo. A "encomenda" do rei Henrique Afonso estava quase pronta para ser entregue, ao cair da noite, da forma mais discreta possível, no Palácio de Verão.

***

Felipe olhou para o crachá na mão de Estela, sem entender.

— O que é isso?

— Pertencia a um daqueles homens. Caiu no chão.

— E como isso pode nos ajudar a trazer Pedro de volta são e salvo?

A menina revirou os olhos.

— Dã! Isso é uma pista, Lipe! Para alguém inteligente, você, às vezes, é bem devagar!

— Alto lá! — protestou o garoto. — Não sou tão bobo assim. Pelo que a minha mãe contou, estamos vivendo em uma nova realidade, onde não dá para confiar em ninguém. Não podemos levar essa pista para a polícia!

— Tem razão — disse Estela. — Mas dá para investigar por conta própria!

— O quê? Nem pensar!

— Ah, é? Então ligue para a sua mãe e conte que perdemos o Pedro!

— Eu... é... — Felipe hesitou, sem saber o que fazer. — Está bem, Estela! Você venceu. Vamos investigar por conta própria. Mas se ficar perigoso demais, chamaremos os adultos. Combinado?

— É claro! Não sou doida!

— Ótimo! Como é mesmo o nome do lugar?

***

Por precaução, Augusto e os dois físicos esperaram um bom tempo para descer da árvore. Só deixaram o esconderijo quando tiveram certeza de que os oficiais do rei já haviam ido embora.

Como três gatos, entraram silenciosamente na casa e trancaram a porta. Com a máquina nas mãos, Acácio tomou o caminho do laboratório. Antes de segui-lo, porém, Augusto indagou a Lia:

— Será que é seguro ficarmos aqui?

— Os homens do rei pensam que fugimos — argumentou sua cunhada. — O que faz dessa casa, no momento, o lugar mais seguro do mundo. Só precisamos tomar cuidado para que continuem pensando que ainda está vazia.

— Eu deveria procurar Raquel — declarou Augusto, impaciente. — Ou as crianças. Eles também podem estar correndo perigo!

— Não é prudente deixar a casa agora.

— E é prudente deixar minha mulher ser levada sabe-se lá para onde? Deixar meu filho correr perigo? A amiga dele? dom Pedro I?

— Por favor, Augusto! Não temos ideia de onde Raquel está, e, teoricamente, as crianças estão seguras. Eu sei que é difícil, mas precisamos ter foco.

O lado racional do paleontólogo sabia que a cunhada estava certa. Era preciso que eles se concentrassem no que estavam fazendo. Caso contrário, o futuro destinado a eles nessa nova realidade seria dos mais sombrios.

— Nós vamos conseguir resgatar Raquel — prometeu Lia. — Mas precisamos trabalhar para isso.

***

Raquel foi conduzida a uma delegacia de polícia. No caminho até lá, percebeu que a cidade era basicamente a mesma.

Somente pequenas mudanças denunciavam que estavam vivendo uma nova realidade, na qual o Brasil ainda era parte do poderoso Império Português. Eram detalhes sutis, como coroas acima das placas com nomes de rua ou novas estátuas nas praças, homenageando soberanos que a antiga história do Brasil (ou de Portugal) jamais havia coroado.

A mudança menos sutil era a grafia de boa parte das palavras escritas em cartazes nas ruas, em português de Portugal. Nem todas as pessoas falavam, porém, com sotaque lusitano. Provavelmente porque, quando esse novo e louco Grande Reino Unido se formou, já havia muitos falantes da língua portuguesa com alma, ritmo e jeito do Brasil espalhados pelo território. Ela, por exemplo, assim como sua família, Estela e Acácio, não haviam sido afetados pelo sotaque ou pelo jeito de falar dos portugueses. Mas Raquel supôs que isso se devia também ao fato de conhecerem a verdade sobre aquela bizarra transformação histórica.

Transformação histórica... Raquel conhecia muitas teorias sobre o que poderia ter acontecido caso dom Pedro não houvesse declarado a Independência do país. E nada, absolutamente nada se aproximava do pesadelo de estar vivendo sob o domínio de um rei tirano. Mas, é claro, nenhuma das teorias contava que um viajante do futuro invadiria o ano de 1810. E muito menos que o príncipe herdeiro desapareceria do mapa.

Antes que a historiadora pudesse se dar conta, foi convidada a saltar do carro. Em poucos minutos, estava sentada em uma sala de interrogatório, tentando controlar as emoções. Sua intenção de manter-se calma, porém, foi por água abaixo quando o delegado entrou na sala. Era um homem grande, corpulento, que ficaria perfeito no papel do xerife de Nottingham, de *Robin Hood*.

A tarde seria longa.

***

Assim que os restauradores estacionaram nos jardins da sede da GLOLUS, a senhorita Vaz foi dispensada sem maiores explicações pelo restante do dia.

Quando a secretária e seu impecável uniforme verde-esmeralda desapareceram de vista, Pedro foi levado para dentro, ainda desacordado, e deitado no sofá velho de uma pequena sala usada como depósito.

Com o príncipe trancado, os quatro homens idênticos saíram, com seus chapéus iguais, para almoçar e brindar ao sucesso da missão. Seu plano de recuperar o poderio colonial português tinha dado errado a princípio, mas, no final, havia saído tudo certo. O menino raptado garantia que a História nunca mais seria a mesma. Ele valia ouro. E também toda a glória de entregá-lo ao novo rei.

No tempo da coragem

Felipe e Estela viram quando a secretária deixou a sede da GLOLUS. Também testemunharam quando, pouco depois, quatro homens semelhantes, trajando ternos pretos idênticos e óculos de aros redondos, saíram do local.

— São eles! — acusou Estela. — Os caras que pegaram Pedro! Vamos entrar!

— Está louca? E se o alarme disparar?

— Você ouviu alguém ligando algum alarme?

— Não! Mas isso não quer dizer que não haja um! — objetou Felipe. — E o cachorro?

— Que cachorro?

— Justamente! E se houver um cachorro?

Estela nem se deu ao trabalho de responder, subindo no muro gradeado com a agilidade de uma ginasta olímpica. Em menos de um minuto, seus pés tocavam o gramado do terreno.

Do outro lado das grades, o amigo ralhou com ela:

— Estela! Isso pode ser perigoso!

A menina encarou-o, séria, pelo espaço entre as barras de ferro.

— Você tem um minuto para pisar aqui dentro. Caso contrário, pode esquecer até que me conhece, Felipe "Marmota"!

Ouvir o apelido que tanto detestava sair da boca de Estela fez com que o estômago de Felipe se revirasse. Furioso, quase sem pensar no que estava fazendo, o garoto subiu pela grade. Aterrissou ao lado da amiga, na grama, desajeitado como um espantalho.

— Onde está a marmota agora? — desafiou, batendo a grama dos joelhos. — Vamos entrar de uma vez nessa casa, antes que alguém nos pegue aqui!

***

Certa vez a casa de praia do pai de Estela fora assaltada. Os ladrões entraram pelo buraco do ar-condicionado, depois de jogar o aparelho no chão. Foi com esse episódio na memória que ela e Felipe subiram em um contêiner de lixo e empurraram o ar-condicionado para dentro de um cômodo qualquer.

Como nenhum dos dois era muito grande, passaram com relativa facilidade pelo buraco aberto na parede.

— E agora? — quis saber Felipe, olhando para a menina.

— E agora vamos nos separar para encontrar o Pedro mais rápido. Eu subo. Você procura neste andar.

O menino fez que sim. Enquanto a amiga subia as escadas, Lipe se viu tentado a ligar para a mãe. Ou para o pai. Chegou a levar a mão ao celular. E então desistiu. O pior de tudo — invadir a casa — já havia sido feito. Um pouco mais e aquela louca aventura estaria terminada. Eles resgatariam Pedro e dariam o fora dali. Melhor seguir com o plano e acabar logo com aquilo.

Com esse espírito, Felipe andou até o final do corredor e abriu uma porta dupla. Surpreendeu-se ao encontrar uma luxuosa sala de reuniões. Para que servia? Que espécie de empresa era aquela?

O menino se lembrou de que a placa do jardim anunciava a GLOLUS como um local de restaurações históricas. Mas o que era restaurado pelos homens misteriosos que tinham raptado Pedro? Obras de arte? Construções históricas? Foi quando ele leu as palavras na parede da sala e começou a juntar os pontos: GLOLUS queria dizer "Glória lusitana". Será que esses loucos queriam restaurar o poderio português da época das colônias ou coisa parecida?

***

Quando Pedro voltou a si, desorientado, não sabia onde estava. Movido, porém, pelo instinto de sobrevivência, não demorou muito a ficar de pé, percebendo que se encontrava em um cômodo pequeno, semelhante a um depósito. Havia muitas caixas, papéis, uma ou duas cadeiras quebradas e um sofá velho.

O menino girou a maçaneta. A porta estava trancada. Jogou-se contra ela, mas tudo o que conseguiu foi machucar o ombro. Fez então a única coisa que qualquer mortal poderia fazer naquela situação: começou a gritar sem um pingo de nobreza.

***

Mal os restauradores haviam sentado para comer um bacalhau, celebrando o sucesso da captura do herdeiro da Casa de Bragança, seus celulares apitaram. Ao mesmo tempo, os quatro verificaram pelas câmeras ligadas aos celulares que a Glolus havia sido invadida. E por ninguém menos que as duas crianças identificadas como amigas de Pedro: o filho do paleontólogo e a menina.

Irritados por terem de pedir para embalar o almoço para viagem, os homens voltaram para a sede da Glolus, dispostos a capturar os invasores.

***

Os gritos do herdeiro do trono português chamaram a atenção de Estela, que correu até a porta trancada no final do corredor.

— Pedro! É você?

— Estela! — exclamou o menino do outro lado, aliviado. — Tire-me daqui!

A menina tentou abrir a porta por fora. Não conseguiu.

— Está trancada. Espere aí, Pedro!

— É claro que esperarei aqui! Para onde mais eu poderia ir?

Estela bufou. Príncipes!...

— Vou tentar encontrar a chave, *Majestade*! Enquanto isso, veja se tem alguma coisa aí dentro que possa servir de ferramenta. Se eu não achar a chave, teremos que arrombar a porta.

***

Felipe estava distraído, lendo os papéis espalhados em cima da mesa da sala de reuniões da GLOLUS. Havia duas cartas muito estranhas. Uma delas era bem antiga. Estava datada de 1870 e assinada por um rei do qual ele nunca ouvira falar: Sebastião II. Dava ordens para alguém — os restauradores, provavelmente — capturar Pedro e levar o príncipe até o novo rei.

Sebastião... Pedro dissera que havia um Sebastião entre os homens que visitaram o passado. E Henrique Afonso, que assinava a carta mais nova... seria ele o atual rei tirano sobre o qual havia falado sua mãe?

Felipe estava perdido nesses pensamentos quando ouviu vozes na entrada. Na mesma hora, escondeu as cartas por baixo da camisa e correu para debaixo da mesa. Precisava avisar Estela de que os restauradores estavam de volta.

Estela resolveu levar *todas* as chaves encontradas naquele andar para experimentar na fechadura da porta do depósito. Estava testando a terceira quando o celular vibrou no bolso de trás da calça. Ao ver que a mensagem era do amigo de infância, apostou que o medroso devia estar implorando para que ela descesse logo.

Foi a chegada dos quatro homens idênticos ao corredor que fez Estela compreender que, na verdade, Lipe devia estar tentando avisá-la do perigo. Mas já era tarde. Em um gesto de rendição, a menina deixou todas as chaves caírem no chão.

— Ora, ora, ora! — exclamou um dos homens idênticos. — Se não é Estela...

— Como sabe meu nome? — perguntou a menina, erguendo o queixo em desafio.

— Como não saber? Não temos feito outra coisa nos últimos dias a não ser seguir todos vocês! Onde está o menino?

Estela resolveu fazer-se de boba para ganhar tempo e Lipe conseguir fugir. Ela só esperava que ele não estivesse paralisado debaixo de uma mesa ou coisa parecida. A iniciativa do amigo era próxima de zero.

— De que menino vocês estão falando? Do Pedro?

— Do outro. O filho do paleontólogo. Felipe, não é?
— Ficou lá fora, vigiando...
— Mentira! Sabemos que ele entrou junto com você! Onde está o garoto?
— Não sei — respondeu a menina, dessa vez com sinceridade. — O Lipe entrou comigo, mas não sei em que parte da casa ele está.

Alberto ordenou:
— Fernando, Ricardo... Encontrem o garoto. Álvaro, segure essa menina atrevida. Daqui ninguém mais sai... A não ser vigiado por nós.

***

Quando Felipe se deu conta de que os homens haviam subido, pensou em correr para o segundo andar e ajudar Estela a enfrentá-los. Juntos, os dois montariam uma armadilha louca, como nos filmes, e os bandidos cairiam no truque. Eles então fugiriam, levando Pedro com eles.

O lado sensato do menino, porém, logo entendeu que nada disso aconteceria. Ele tinha mesmo é que sair dali o mais rápido possível. Se o capturassem também, ninguém mais poderia ajudá-los. Afinal, graças à mania quase irresponsável de independência de Estela, não havia uma viva alma que soubesse onde eles estavam.

Odiando-se por deixar os companheiros para trás, o garoto saiu de debaixo da mesa, buscando a porta de saída. Prometeu, porém, a si próprio que daria um jeito de salvar Estela e Pedro. Nem que ele precisasse... Bem, nem que ele precisasse agir por conta própria.

O movimento do Ipiranga

O interrogatório de Raquel não ia nada bem. A historiadora não estava dando as respostas que o oficial inquisidor-mor queria ouvir. Não, ela não sabia onde se encontravam o marido, a irmã e o professor. Não, é claro que eles não estavam envolvidos em nenhuma atividade suspeita contra o reino.

— E esse símbolo? — perguntou o homem, mostrando a imagem de uma ampulheta. — O que a senhora pode dizer-me sobre isso?

— Nada — respondeu Raquel, sem entender o que isso tinha a ver com ela. — A não ser que é uma ampulheta... Serve para marcar o tempo.

— O que sabe sobre o Movimento do Ipiranga?

— Nunca ouvi falar. No que consiste, exatamente?

O homem não acreditou, nem por um instante, que Raquel não sabia do que se tratava. Mas, mesmo assim, deu-se ao trabalho de explicar:

— O Movimento do Ipiranga é formado por rebeldes que acreditam na história de que o príncipe Pedro de Alcântara, desaparecido em 1810, estaria vivendo entre nós, em 2018. Tem mesmo certeza de que nunca ouviu falar nada sobre isso?

— Que ideia louca! — exclamou Raquel, tensa. — Como pode uma pessoa desaparecida há mais de duzentos anos ainda estar viva no presente?

— Chegando até os dias de hoje por meio de um Portal do Tempo.

— Um Portal do Tempo? — disfarçou a professora. — Francamente, senhor oficial inquisidor-mor...

— A história vem dos tempos do rei Sebastião II. Dizem inclusive que *ele* teria utilizado o mesmo portal para chegar a 1810. Por isso sabia tanto sobre o futuro. Obviamente, isso não passa de uma lenda.

— Obviamente — repetiu Raquel, séria.

— Mas um grupo de malucos acredita nisso! — retrucou o homem, batendo na mesa com o punho grande fechado. — E acham que, se encontrarem dom Pedro, poderão enviá-lo de volta ao seu tempo.

— Para quê? — indagou Raquel, ainda fazendo-se de boba.

— Para restaurar um suposto passado perdido, em que o príncipe declara a independência do Brasil às margens do rio Ipiranga. Já ouviu absurdo maior?

— Eu?! Nunca!...

— Pois bem. Os loucos que fazem parte desse movimento se identificam por meio dessa figura. — O desenho da ampulheta foi mostrado de novo para Raquel. — Tem certeza de que nunca viu esse símbolo ou ouviu essa história sem cabimento?

A campainha de um celular soou em cima da mesa, salvando a professora de ter que dar uma resposta.

O oficial inquisidor-mor atendeu o celular e trocou algumas palavras com alguém. Pela quantidade de "sim, senhor" que ele disse, a pessoa do outro lado da linha era, claramente, seu superior. Ao desligar, encarou-a.

— Parece que o seu interrogatório acabou.

Raquel deixou escapar um suspiro de alívio, enquanto um sorriso maldoso surgia no canto da boca da autoridade.

— Mas não se anime. Nós terminamos nosso encontro, no entanto sua presença está sendo requisitada em outro lugar.

— Posso ao menos saber onde?

— O rei deseja conhecê-la.

Raquel mordeu o lábio inferior. Estava metida na maior encrenca de sua vida.

***

Felipe não tinha nem noção de como havia conseguido pular o muro da GLOLUS de volta. Ofegante, encostou-se à parede de pedra, esperando a respiração voltar ao normal. O bom senso lhe dizia que devia sair dali, mas jamais abandonaria Estela e Pedro. Precisava saber o que seria feito deles. Precisava ajudá-los.

— Você não parece um ladrão.

A voz pertencia a uma mulher um pouco mais velha do que sua mãe, encostada, de braços cruzados, em um táxi. Parecia ser a dona do único veículo parado no ponto.

— Deve ser porque eu não sou um ladrão — rebateu o garoto, ofendido.

— Ótimo. Não precisamos de mais um à solta. Mas, que mal lhe pergunte... Se não roubou nada, por que pulou o muro da casa?

— Porque eu... — Lipe hesitou.

Será que podia confiar na mulher? Estava tão desesperado, porém, que arriscou:

— Porque os quatro homens pegaram um... Um amigo meu. Eu e outra amiga tentamos ajudá-lo; e ela acabou ficando presa também.

— E por que esse seu amigo foi apanhado? O que ele estava fazendo de errado?

— Nada! Pedro não fez nada errado!

— Seu amigo se chama Pedro?!...

Um suor frio cobriu a testa do menino. Ele havia falado a coisa errada. Podia sentir que havia falado a coisa errada.

— Curioso — comentou a mulher, pensativa. — Pedro é um nome que não se usa mais no Grande Reino desde o tempo de dom Sebastião II.

— Eu... Na verdade, ele... É maneira de dizer, sabe? O verdadeiro nome dele é...

Mas a mentira não vinha, de jeito nenhum, à cabeça do garoto. Mesmo com a série interminável de nomes que Pedro tinha a oferecer, nada vinha à ponta da língua.

Foi quando a mulher fez um gesto que surpreendeu Felipe. Ela dobrou a manga da camisa, tirou o relógio do pulso e mostrou a minúscula tatuagem de uma ampulheta.

***

Augusto estava lendo um *site* atrás do outro, em busca de informações sobre a nova realidade em que estavam vivendo. Se quisessem ajudar Raquel e sobreviver como procurados pela polícia, era bom saber com quem e com o que estavam lidando.

Próximo a ele, Acácio e Lia trabalhavam em silêncio, tentando imprimir mais velocidade ao trabalho, sem muito sucesso.

— Droga! — desabafou o físico, a certa altura da tarde. — Não consigo acabar!

— Nós vamos conseguir — assegurou Lia. — Sossegue.

— Como posso sossegar se todo esse caos é por minha causa?

— E o que você sugere? Que os cientistas parem de descobrir e criar novas formas de lidar com a natureza e suas leis? Que os inventores parem de criar máquinas que façam os seres humanos desafiarem o tempo e o espaço? Escute aqui: você não tem culpa se um bando de loucos roubou sua invenção e fez um péssimo uso dela!

Acácio suspirou.

— Isso não muda o fato de que foi minha invenção que embaralhou a História. E agora somos poucos a conhecer a verdade e poder enfrentar a nova realidade.

Augusto tirou os olhos do texto que estava lendo para encará-lo.

— Talvez nem tudo esteja perdido.

— O que você quer dizer com isso?

— Quero dizer que talvez não sejamos tão poucos contra um bando de loucos.

— Como assim?

— Já ouviu falar do Movimento do Ipiranga?

***

— Por que está me mostrando essa tatuagem? — perguntou Lipe, desconfiado, para a taxista.

A mulher recolocou o relógio no pulso e baixou de novo a manga da camisa, parecendo um pouco desapontada.

— Por nada. Achei que você iria... Bem, achei que gostaria dela. É isso.

— É uma ampulheta — observou o menino, de forma neutra.

— Sim, é uma ampulheta.

Felipe deu de ombros.

— Minha mãe é historiadora. Temos muitas ampulhetas em casa.

— Ela é corajosa.

— Por quê?

— Ora, porque as ampulhetas não são bem vistas em nosso reino.

— Então por que você tem uma tatuada em seu braço?

— Por nada, já disse.

Felipe virou as costas, disposto a se afastar daquela mulher estranha. Antes, porém, que conseguisse dar dois passos, ela segurou seu braço.

— Esqueça que me viu. Assim como a tatuagem.

A voz dela nem era tão ameaçadora, mas, mesmo assim, Felipe tremeu da cabeça aos pés.

— Pode deixar — assegurou. — Não vou contar a ninguém.

E o garoto se viu feliz por finalmente poder afastar-se da mulher. Pegou o celular e selecionou o número da mãe. Caiu na caixa postal. Selecionou o número do pai. Caixa postal também.

Só lhe restava, agora, buscar um local de onde pudesse vigiar a movimentação na sede da GLOLUS e rezar para que um dos seus pais retornasse sua chamada o mais rápido possível.

***

Lia e Acácio escutaram em silêncio a explicação de Augusto sobre o Movimento do Ipiranga. Quando ele terminou, o físico quis conferir se havia mesmo entendido:

— Então, quem faz parte do movimento acredita que o rei Sebastião era um usurpador que veio do futuro?

— Isso! Eles também acreditam que dom Pedro deixou o passado, mas têm esperança de que o príncipe voltará para declarar a Independência do Brasil em 1822, às margens do rio Ipiranga, restaurando a história perdida.

— Mas como as pessoas dessa nova realidade sabem que há uma história que foi perdida?

— Parece que tudo começou com a descoberta de um antigo diário da mulher do rei Sebastião II, onde ela escreveu a verdadeira história do marido. Suas anotações ficaram perdidas por um bom tempo...

— Até que...

— Até que o diário foi encontrado por pesquisadores da Biblioteca Real. Sua descoberta de que houve um desvio da linha do tempo original deu origem ao Movimento do Ipiranga. Quem faz parte dele deseja devolver Pedro ao passado e fazer a História retomar seu rumo.

— Que loucura! — exclamou Lia. — Nunca imaginei que haveria alguém lutando pela mesma coisa que nós nessa nova realidade: devolver Pedro ao passado.

— Nem eu. O problema é descobrir quem são essas pessoas.

— Para quê?

— Porque algo me diz que vamos precisar de toda ajuda que pudermos arranjar para consertarmos as coisas.

***

Encarapitado em um galho de árvore — no qual ele subira morrendo de medo de encontrar um animal ou levar um tombo —, Felipe vigiava com um olho a sede da Glolus e, com o outro, a taxista da tatuagem de ampulheta. O curioso é que a mulher, assim como ele, não tirava os olhos da casa. Chegou mesmo a recusar uma ou duas corridas de táxi para não sair dali.

Esse comportamento fora do comum fez com que o menino resolvesse procurar na internet o significado da tatuagem de ampulheta. O que descobriu quase fez com que ele caísse da árvore: a ampulheta tatuada era o símbolo de um tal Movimento do Ipiranga. Que, por mais incrível que pudesse parecer, queria trazer de volta a história original.

***

Felipe ainda estava pesquisando no celular o Movimento do Ipiranga quando uma movimentação suspeita na sede da Glolus chamou sua atenção. Inclinando o corpo ligeiramente para a frente, ele viu que Pedro e Estela estavam sendo carregados para a van. Essa não! Para onde o príncipe e a amiga estavam sendo levados? Ele nunca saberia, a não ser que...

Reunindo toda a sua coragem, Felipe desceu da árvore e aproximou-se da taxista. Com a voz trêmula, mas a intenção firme, ordenou, apontando para a van:

— Siga aquele carro.

A mulher abriu um sorriso, chacoalhando as chaves do veículo entre os dedos.

— Achei que nunca ia pedir. Entre aí, garoto. Você manda.

No Palácio de Verão

Raquel conhecia aquela serra. E aquelas curvas. Estava sendo levada para Petrópolis, embora as placas discordassem dessa informação, anunciando que estavam a caminho de Sebastianópolis. Ao que parecia, o usurpador do trono dos Bragança não se cansava de interferir na história do Brasil, rebatizando até mesmo a Cidade Imperial.

— O rei Sebastião II comprou as terras da Fazenda Córrego Seco com a intenção de construir seu Palácio de Verão — informou o oficial inquisidor-mor, percebendo que a historiadora não tirava os olhos dos detalhes do caminho.

— E foi ele mesmo que o construiu?

— É claro. Pensei que a senhora fosse professora de História.

Raquel teve de morder a língua para não retrucar que o verdadeiro autor da compra da fazenda havia sido dom Pedro I. Podia completar dizendo que coubera ao seu filho, Pedro II, construir o palácio e usufruir dos verões na serra. Mas optou por apenas retrucar:

— Não posso me lembrar de tudo, não é mesmo?

— Dom Sebastião II construiu esse palácio para receber as visitas da Europa em um local de clima mais ameno.

Raquel fez que sim com a cabeça. Sim, essa parte da história batia com uma das razões de dom Pedro I desejar erguer um palácio na serra. Pelo jeito, a nova realidade havia sido construída com pedaços da antiga, como um vaso quebrado remendado com cacos de outros objetos.

Quando o veículo onde estavam parou diante do palácio, a historiadora que havia em Raquel teve de sorrir. Não se pode escapar da memória. Sebastião havia construído um lugar idêntico ao antigo Museu Imperial.

***

Sentado no banco do carona do táxi da mulher da tatuagem de ampulheta, Felipe contava sua estranhíssima história sem ser interrompido. A mulher, que se apresentou como Angola — um codinome, é claro — não perdia uma palavra. Enquanto ouvia a história do menino, ela seguia a van, sempre deixando um ou dois carros entre seu veículo e o da Glolus.

— Tem certeza de que não vamos perdê-los de vista? — perguntou Felipe.

— Não se preocupe. Continue contando sua história. Ela é muito interessante.

— Você acredita em mim? Eu sei que parece loucura, mas eu tenho comigo duas cartas que podem provar que a história de Pedro e o Portal não é uma lenda!

Ao ouvir isso, a mulher abriu um sorriso, sem tirar os olhos da estrada.

— Eu sei! Meu avô estava entre os pesquisadores que encontraram o diário perdido da rainha Eva na Biblioteca Real. Ele sempre me disse que o rei Sebastião II era uma farsa e que de vidente não tinha nada! Vovô também dizia que dom Pedro desapareceu de sua época porque havia viajado no tempo!

— Seu avô fazia parte do Movimento do Ipiranga?

— Está brincando? Meu avô foi um dos *fundadores* do movimento! O maior sonho dele era fazer dom Pedro voltar ao passado e restaurar a história que tinha de ser! O Portal do Tempo... Ele ainda existe, não existe?

— Existe! Quer dizer, o original desapareceu no incêndio do Museu Nacional, mas o professor Acácio está fazendo outro, junto com a minha tia e meus pais... Ih, caramba! Meus pais! Preciso telefonar pra eles!

Mas antes que Felipe conseguisse alcançar o celular, um guarda rodoviário fez sinal para que parassem o carro.

***

Não foi surpresa, para Raquel, ver que o fundador da dinastia dos Ávidos havia imitado a arquitetura e a decoração do Museu Imperial. Havia pequenas diferenças, como o fato de que paredes e móveis exibiam agora o símbolo S II — de Sebastião II — no lugar da marca de dom Pedro II. No geral, porém, era a mesma coisa.

A grande surpresa, porém, veio quando a professora de História foi convidada (quase empurrada, na verdade) para entrar na Sala do Trono: um adolescente estava sentado com as pernas penduradas na lateral da cadeira real. Usava tênis, calça *jeans* rasgada e camiseta preta. Absorvido em gravar um vídeo em seu celular, nem percebeu quando Raquel foi escoltada pelo oficial inquisidor-mor até onde ele estava.

Que brincadeira era aquela? Onde estava o rei?

***

O guarda pediu que Angola baixasse o vidro do carro. Foi logo obedecido.

— Algum problema, senhor oficial rodoviário?

— Nenhum — respondeu o homem, quase colocando a cabeça para dentro do carro. — Seus documentos, por favor.

Quando viu o homem cobrando documentos de Angola, Felipe percebeu que não dava para fingir que era um simples passageiro do táxi. Afinal, se o oficial pedisse os *seus* documentos, logo descobriria que ele era um menor de idade sem autorização de viagem, e isso daria uma confusão danada! Melhor dar uma de ator e caprichar na interpretação da sua vida:

— Mãe!

Angola foi rápida. Na mesma hora pegou a deixa:

— O que foi, filho?

— Seu celular ainda tem bateria? Quero jogar!

— Não, senhor! Já falei que jogar com o carro em movimento faz mal!

— O carro está parado.

— A resposta é não.

Ao assistir àquela discussão típica de mãe e filho, o oficial rodoviário devolveu os documentos de Angola com um sorriso solidário no rosto.

— Eles são muito difíceis nessa fase.

— Nem me fale, senhor oficial! Tudo em ordem?

— Na mais perfeita. Pode seguir viagem, senhora.

— Obrigada.

Angola fechou os vidros e voltou a ligar o carro, partindo dali com um suspiro de alívio. Assim que eles perderam de vista a cabine do oficial rodoviário, veio o elogio:

— Muito bem, garoto! Pensou rápido! Vai ser um prazer trabalhar com você, Felipe Mota.

O menino sentiu o rosto esquentar. Devia estar ficando vermelho.

— Na verdade, eu estou mais pra "marmota"...

— Jura? Não parece! Mas fale mais sobre o Portal do Tempo. E que história é essa sobre um incêndio em um museu? Como isso pôde acontecer?

***

Era uma brincadeira. Só podia ser. Um adolescente grudado em seu celular não podia ser o tirano que comandava o Grande Reino Unido de Portugal, Brasil, Algarves e Muito Além-mar.

Sem se dar conta da dúvida que tomava conta da professora, o jovem parecia gravar um vídeo:

— E aí, galera? Partiu assinar hoje o tratado que vai fazer o Grande Reino Unido ficar ainda mais poderoso!...

— Ele é o filho do rei? — sussurrou Raquel para o oficial inquisidor-mor.

O homem arregalou os olhos.

— A senhora não está falando sério, está?

Oh, céus! Aquela criatura era mesmo o rei!

— Majestade... — chamou o oficial inquisidor-mor, pigarreando.

— O que é? — resmungou o garoto, sem tirar os olhos da tela do celular. — Estou transmitindo ao vivo para meus seguidores!

— Essa é a professora de História.

A informação pareceu despertar o interesse do rapaz, que desligou o celular.

— Aquela?

— A própria.

— A perigosa?

— Não parece. Mas deve ser.

O rei analisou a mulher apresentada de alto a baixo, com um desprezo evidente no olhar. Jogou as pernas para a frente, sentando-se sem modos no trono. Se fosse seu aluno, Raquel teria mandado uma anotação para casa pela atitude desafiadora. Sem contar a péssima postura.

Como se tivesse lido sua mente, o jovem monarca esticou as costas, aprumando-se. Com um tom de voz de quem costumava comandar pessoas e ter todos os seus desejos satisfeitos, ordenou ao oficial inquisidor-mor:

— Deixe-nos a sós.

— Mas, Majestade... Ela pode ser perigosa!

— Eu também. Deixe-nos a sós, já disse.

Ainda hesitante, o homem deixou a sala.

O rei ficou de pé, guardando o celular no bolso de trás da calça. Era um rapazinho alto e magro, de cabelos castanhos alourados e olhos claros como pedras de gelo. Em uma das paredes, os retratos de seus antepassados confirmavam que Raquel estava mesmo diante de um legítimo herdeiro da Casa d'Ávidos.

— Então você é a mulher que conhece a verdade.

Era uma constatação em tom de desafio.

— Ninguém conhece a verdade — corrigiu Raquel.

Os olhos dele brilharam, e os lábios se curvaram em um leve sorriso, que de amistoso não tinha nada.

— Sem jogos, professora.

— Não sei do que você está...

Mas Raquel nem chegou a terminar a frase. Sem que ela percebesse como, o rei arremessou um punhal que passou zunindo por sua orelha esquerda, cravando-se em um dos quadros atrás dela.

Com a lâmina ainda vibrando, a historiadora chamou a atenção dele:

— Ei! Cuidado aí! O que significa isso?

— Significa que eu posso ser jovem, mas não estou para brincadeiras. Você é a mulher que conhece a verdade. E, por conta disso, deverá ser eliminada.

Raquel sentiu o sangue fugir do rosto.

— Eliminada?!

Os lábios dele tornaram a se erguer em um sorriso lento e ameaçador.

— O que faz a senhora pensar que eu deixarei que siga vivendo alguém que sabe que o rei Sebastião II não passava de uma fraude? Sem contar que a senhora também sabe da presença de dom Pedro em nosso tempo, o que só confirma as ideias daqueles malucos do Movimento do Ipiranga.

— Você não pode me eliminar assim, como se eu fosse um participante de um *reality show*!

— Posso. Eu sou o rei. Eu mando aqui.

— Não existem leis neste lugar?

— Existem, é claro. Feitas por mim. No entanto, se me entregar dom Pedro, sou capaz até de ignorar algumas delas.

— Eu nunca entregarei Pedro a você, seu... seu...

— Sua. Sua Majestade, rei Henrique Afonso. E não se preocupe com seu precioso ex-futuro imperador. As mesmas pessoas que me alertaram sobre a sua existência estão providenciando a captura do menino para mim. Mais cedo ou mais tarde terei dom Pedro em meu poder. Quem sabe vocês poderão até mesmo ter a honra de ser eliminados juntos?

Por um minuto, Raquel pensou que fosse desmaiar. Pedro! Capturado! E seu filho! E Estela! Será que eles também seriam apanhados?

— Guardas! — comandou o jovem tirano, sendo prontamente atendido. — Levem essa mulher para as masmorras. Ela ficará lá até que eu possa dar a devida atenção ao caso dela.

— Masmorras? — repetiu Raquel. — Mas isso não existia aqui!

— Seja bem-vinda à minha realidade. Ela inclui fantásticas masmorras neste lugar para abrigar inimigos do reino. Como a senhora, por exemplo.

E a professora de História foi arrastada, em lágrimas, para as masmorras que não existiam no palácio original.

O jardineiro fiel

— Onde está sua mulher historiadora quando você precisa dela? — reclamou Augusto, tentando obter mais informações sobre o Movimento do Ipiranga.

— Sua mulher historiadora deve estar detida na delegacia — respondeu a cunhada. — Se não estiver presa!

— Nem me fale! — retrucou Augusto, empalidecendo logo em seguida. — Lia... Será que as crianças estão correndo algum perigo? Afinal, se os oficiais do reino nos procuraram aqui, também podem ter ido até a minha casa!

— Se isso vai deixá-lo mais tranquilo, ligue para o Lipe!

Mas Augusto nem precisou fazer a ligação. Seu celular vibrou antes disso. Ele atendeu correndo:

— Lipe?

— Oi, pai! Onde você estava que não me atendia?

— Desculpe! Eu estou no laboratório. É que aconteceram algumas coisas por aqui, e eu acabei me desligando. Não chequei o celular.

— Minha mãe também não me atende! Onde ela está?

Augusto não queria dizer ao filho que a mãe havia deixado a casa escoltada por oficiais do rei para um interrogatório que devia ter terminado em prisão. Mas qualquer informação não compartilhada por eles naquele momento podia resultar em desastre.

— Filho, sua mãe foi detida por oficiais do rei.

— O quê?!

— A ideia também não me agrada nem um pouco, mas estamos tentando resolver isso. E vocês? Está tudo certo com vocês?

Foi a vez de Felipe passar adiante suas informações desagradáveis:

— Mais ou menos. Pedro e Estela foram sequestrados.

— O quê?! E você? Onde você está?

— Estou indo para Sebastianópolis.

— Como? Com quem?

— Pai, está tudo bem. Eu estou com Angola. Ela tem a tatuagem da ampulheta.

— Quem é Angola? E que tatuagem de ampulheta é essa?

Felipe fez um resumo da história. Ao final, o pai apenas declarou:

— Estou indo para aí. Passe o celular para a pessoa que está com você. Quero falar com ela.

***

Entraram na cidade ainda falando com Augusto. Angola deu a ele o contato de alguns integrantes do Movimento do Ipiranga que poderiam proteger Lia e Acácio enquanto os dois estivessem trabalhando na máquina do tempo. Também recomendou ao pai de Felipe um motorista de táxi para levá-lo até Sebastianópolis.

— Será que ele vai chegar direitinho? — indagou o menino, assim que encerraram a ligação. — Estão parando todo mundo na estrada...

— Meu amigo vai trazer seu pai até aqui em segurança — afirmou Angola. — E, enquanto eles não chegam, vamos trabalhar.

— Como assim?

— O Movimento do Ipiranga não é formado apenas por loucos que acreditam nas histórias de um diário velho. Ele é formado por loucos *organizados*. Siga-me, garoto. Precisamos falar com uma pessoa.

***

Quando a van da GLOLUS estacionou nos jardins do Palácio de Verão, estava sendo observada por um jardineiro. Ele parecia concentrado em deixar as plantas e flores impecáveis para o grande evento daquela noite. Mas viu muito bem quando quatro homens iguais desceram do veículo com um menino e uma menina.

Como se nada houvesse acontecido, o jardineiro voltou a cortar a grama. O movimento no palácio estava intenso. Primeiro, a professora de História trazida pelo oficial inquisidor-mor. Agora, os meninos.

Parecia que a assinatura do Tratado de Sebastianópolis não era o único grande acontecimento do dia. Para falar a verdade, esse parecia ser o evento menos importante de todos.

***

O jardineiro juntou os sacos de grama cortada em um contêiner de lixo, levando-o para uma saída lateral do palácio. Mal havia depositado os sacos nos lugares de onde seriam recolhidos mais tarde quando uma mão tapou sua boca, impedindo-o de gritar.

— Sou eu — sussurrou a taxista ao ouvido dele, afrouxando o aperto.

— Angola! Você me assustou! O que faz aqui?

— A águia pousou, Macau.

— Águia? — estranhou Felipe.

— Somos membros de um movimento clandestino — esclareceu Angola, em um tom de voz sussurrado. — Caso você ainda não tenha percebido, usamos codinomes e falamos por códigos.

— E a águia é o Pedro? Ele está mais para mula teimosa, isso sim...

Os olhos do jardineiro se arregalaram.

— Pedro? Ele está falando do...

Angola, impaciente, ergueu os olhos para o céu.

— Assim não dá para ter um movimento clandestino! Sim, "a águia pousou", Macau. Mas foi capturada por quatro homens...

— Idênticos — completou o jardineiro.

— Como é que você sabe?

— Eles acabaram de levar a águia, mais uma menina, para dentro do palácio.

— Estela e Pedro! — exclamou Felipe. — Precisamos salvá-los!

Angola pousou uma mão em seu ombro, tentando aquietá-lo.

— Calma. Precisamos de um plano. E de um codinome para você.

— E eu preciso salvar meus amigos!

— Você é amigo da águia? — surpreendeu-se o jardineiro.

— Sou — admitiu o menino, mais surpreso do que ele. — Sou amigo de Pedro.

— Da águia! — corrigiram os outros dois.

— Águia, arara, tico-tico, canário, urubu... Como preferirem! Preciso entrar nesse palácio e salvar os dois!

— Seu pai está chegando — lembrou Angola. — Vamos esperar por ele para agir. Além do mais, teremos um banquete depois da assinatura do tratado. Será mais fácil entrarmos todos juntos mais tarde, devidamente disfarçados.

Felipe estava prestes a concordar com a solução sensata e mais segura de Angola, não fosse a frase seguinte do jardineiro:

— Eles não foram os únicos trazidos para cá. Também trouxeram, mais cedo, uma mulher. Uma professora de História.

Ao ouvir isso, o coração do menino quase saiu pela boca.

— O nome dela, por um acaso, é Raquel?

— Como sabe disso?

— Ela é minha mãe!

***

Dez minutos depois, Felipe saiu aliviado de dentro de um contêiner de lixo. Por ser reservado a atividades de jardinagem, felizmente ele cheirava apenas a grama cortada.

Macau entregou-lhe um boné e uma tesoura de cortar grama, dizendo:

— Se alguém perguntar, você é o aprendiz de jardineiro. Vou arranjar sua entrada na cozinha e já volto.

— Entrada na cozinha? Para quê?

— Você não quer encontrar sua mãe?

— O que isso tem a ver com a cozinha?

— É que as masmorras ficam em cima dela.

— Masmorras?! O Palácio de Petrópolis não tem masmorras!

— O palácio que você conhecia não tem, mas este aqui é diferente. Mantenha a cabeça baixa e não fale com ninguém, entendeu? Eu voltarei o mais rápido possível.

Antes que ele se fosse, Felipe pousou a mão em seu braço.
— Obrigado por convencer Angola a me deixar entrar.
— Minha mãe foi levada pelos homens do rei para as masmorras quando eu tinha mais ou menos sua idade. Eu nunca deixaria você ficar angustiado do lado de fora, sem fazer nada, sabendo que a sua mãe está presa aqui.

Dito isso, Macau endireitou os ombros e afastou-se para cumprir sua missão.

Felipe estava agora sozinho dentro do Palácio de Verão do rei tirano. Era assustador. Mas o desejo de resgatar sua mãe e os amigos não estava deixando muito espaço para o medo. Apenas faça o que tem de fazer, repetia o menino para si próprio, como se a frase pudesse fazer brotar bravura dentro dele, da mesma forma que as plantas brotam da terra.

Sua Majestade,
o rei Henrique Afonso I

Estela havia visitado o Museu Imperial de Petrópolis mais de uma vez. A primeira não contava muito, pois ela era bem pequena. Da segunda vez, havia ficado a lembrança de deslizar pelos pisos do palácio em desengonçadas pantufas de feltro maiores que seus pés. Mas a terceira vez, junto com os colegas, em um passeio do colégio, havia marcado sua memória. Pelo menos o suficiente para que a menina reconhecesse de imediato a fachada rosada do palácio.

— Ei! Eu sei onde estamos!

Pedro voltou o olhar para ela, surpreso.

— Você conhece este lugar, Estela?

— Sim e não. Ele se parece com um antigo palácio que eu conhecia na cidade de Petrópolis.

— Petrópolis... — repetiu o príncipe. — Cidade de Pedro?

— É.

— Em minha homenagem? — quis saber o menino. — Pois este bem seria um palácio que eu teria mandado erguer. Lembra-me o de Queluz, em Portugal, onde nasci. É um dos lugares que mais amo no mundo.

Estela sorriu. Mas antes que ela pudesse responder, um dos homens ordenou:

— Silêncio. O rei vai nos receber.

Pedro ergueu o queixo, com ar de desafio.

— O usurpador? Pois mal posso esperar para expulsá-lo aos pontapés do trono de meu pai!

Não deu tempo de os restauradores chamarem a atenção dele. A porta da Sala do Trono foi aberta. O rei estava à espera.

***

Os restauradores esperavam tudo, menos encontrar um adolescente no trono do Grande Reino Unido. Muito menos transmitindo ao vivo um pronunciamento com a ajuda do celular:

— E é isso aí, galera! Depois do tratado vai rolar um baile tipo do tempo do rei Sebastião! Com aquelas roupas estranhas e tudo. Vou transmitir ao vivo um pouco da festa pra vocês! Fiquem ligados no canal real!

Os quatro homens idênticos ficaram paralisados. Pedro não entendeu nada, e Estela caiu na gargalhada.

— Esse é o rei? Vocês acabaram com a história do Brasil para chegar nisso aí? Sério?

Nenhum dos quatro conseguiu reagir. No fundo, seu sentimento era bastante parecido com o da menina. Tinham lutado tanto para isso?

O rei baixou o celular devagar, com um olhar que poderia cortar Estela ao meio como se fosse uma faca.

— Não me subestime, garota. Sou capaz de comandar mais gente do que qualquer rei que você conheça.

Estela deu um passo à frente.

— Não duvido. Muita gente é capaz de fazer isso com um celular na mão. Só que nem todos precisam ser tiranos para ser fortes.

Pedro também deu um passo à frente, examinando o dito rei com curiosidade.

— Eis que, então, estou diante do usurpador.

— E eu, diante de Pedro, o destronado.

O insulto fez o príncipe da Beira apertar os olhos.

— Minha família sobreviveu a Bonaparte e manteve seu trono. Sobreviver a vós e recuperar meu trono não pode ser tão difícil assim!

— Recuperar seu trono? Isso está fora de cogitação, Pedro de Alcântara!

— É o que veremos... Seja lá qual for o seu nome!

— Henrique — rosnou o jovem monarca. — Sua Majestade, o rei Henrique Afonso I do Grande Reino Unido de Portugal, Brasil, Algarves e Muito Além-Mar.

— Muito Além-Mar?

— Metade da África, parte da Ásia, quase toda a América, além dos antigos territórios da Espanha, França, Bélgica, Itália e Grécia... É impressionante o bastante para você?

Pedro arregalou os olhos.

— Tudo isso?

— Sim, tudo isso! — confirmou o rei com os olhos brilhando. — E esta noite um tratado quase tão poderoso quanto o de Tordesilhas será assinado neste palácio, dividindo as áreas de dominação do mundo entre as mais poderosas nações da Terra. Adivinhe qual será um dos reinos a assiná-lo?

Durante um minuto, os dois nobres apenas se encararam, com Pedro pesando a informação sobre o poder que seu reino havia alcançado.

Os restauradores e Estela, contidos pela tensão da sala, nada falavam.

— Ouviste o que ele disse, Estela? — disse Pedro, virando-se com entusiasmo para a menina. — Portugal tornou-se um dos mais poderosos reinos da Terra!

— Pedro... — advertiu Estela, querendo alertá-lo de que havia algo errado naquilo tudo. Ela só não sabia bem o que era.

Henrique sorriu de forma provocante.

— Pense nisso, Pedro. Portugal está hoje entre as maiores e mais poderosas nações da Terra...

— Com um cara como esse no trono! — marcou Estela. — Além disso, não sabemos como essa conquista toda aconteceu...

— De forma gloriosa! — retrucou Henrique.

— Se é tão gloriosa assim, por que precisou sequestrar Pedro?

— O que você faria com aquele que, no passado, declarou a Independência do Brasil? Esse garoto é uma ameaça ao poder do Grande Reino Unido!

A fúria subiu à cabeça do príncipe.

— Como ousa insinuar que fui eu? Eu jamais faria isso!

— Não? "Independência ou morte" são palavras que lhe dizem algo?

O rosto de Pedro, que havia se tingido de vermelho com a raiva, empalideceu.

— O homem da tela mágica... Sou eu?

O olhar dos quatro restauradores, mais o de Estela, dizia tudo que Pedro precisava saber. Sim, o homem da tela mágica, a víbora, o traidor que havia declarado a Independência do Brasil, era ninguém mais, ninguém menos do que ele próprio.

Uma das portas se abriu, cortando o clima deixado pela revelação. Era o mordomo real.

— Majestade, o senhor precisa se preparar para receber seus convidados.

— Obrigado — agradeceu o rei. — Esse encontro está quase encerrado mesmo. Chame os guardas para escoltar os garotos até onde está a historiadora.

O coração de Estela se acelerou.

— Raquel? Você está falando da Raquel?

O rei confirmou com um breve aceno de cabeça.

— Pense nisso como uma pequena reunião de família. Ou quase isso.

Os guardas vieram. Pedro estava tão abalado pela revelação de que era o autor da Independência que nem esboçou reação.

Estela, por sua vez, só conseguia pensar em se reunir com Raquel. Ela era uma menina corajosa e decidida. Mas tinha que admitir que, naquele momento, precisava da ajuda de um adulto para lidar com a situação.

***

Mal o príncipe e sua amiga foram escoltados para fora da sala do trono sem nenhuma resistência, Alberto limpou a garganta e deu um passo à frente.

— Espero que Vossa Majestade tenha ficado satisfeita com a nossa modesta contribuição à glória de nosso reino.

Henrique virou-se lentamente para encará-lo.

— De fato, fiquei muito satisfeito com a sua contribuição. Quanto ao reino, ele não é *nosso*. Ele é *meu*.

— Éramos amigos de Sebastião! — argumentou Álvaro.

O rei avaliou os quatro homens perfilados à sua frente e deu de ombros:

— E daí? Vocês têm noção de quantas gerações me separam de Sebastião II? Isso não quer dizer nada para mim.

Fernando também deu um passo à frente, tentando argumentar:

— Mais respeito, Majestade! Nós trabalhamos junto com Sebastião para roubar a máquina do tempo e enviá-lo de volta ao passado. Não fosse por nós quatro, Vossa Majestade, hoje, não seria rei.

Os olhos cinzentos do jovem monarca cintilaram.

— Obrigado por me lembrar da participação de vocês nisso tudo. Eu já ia até me esquecendo de que vocês conhecem a verdade. Permitam-me, então, tratá-los como merecem...

— Somos modestos, Majestade — atalhou Alberto. — Ficaremos felizes com um título de nobreza e um cargo vitalício, de salário digno, é claro, em vossa corte.

O rei soltou uma gargalhada.

— O que faz vocês pensarem que eu estava falando de uma recompensa?

Ricardo não se aguentou, agarrando o rei pelo colarinho da camisa.

— Olhe aqui, seu moleque: se você hoje pode colocar seu traseiro magrelo nesse trono, é por nossa causa! É bom nos dar um belo papel em sua corte!

— O único papel que eu tenho para vocês é o de eliminados!

— O quê?! — indignaram-se os quatro ao mesmo tempo.

— Não sejam estúpidos! A dinastia dos Ávidos só chegou aonde chegou por não confiar em ninguém!

— Sua dinastia ridícula só chegou aonde chegou porque Sebastião trapaceou! — explodiu Ricardo. — Ele sabia o suficiente sobre o futuro para ganhar qualquer batalha em que se metesse! Ele conhecia as fraquezas de cada adversário. Sabia de cada mudança climática, sabia onde estavam as maiores riquezas da Terra ainda não descobertas! Assim qualquer um constrói um império!

Apesar de ainda estar preso pelo colarinho, o rei continuava de queixo erguido, olhando para os quatro com desprezo.

— Vê? É precisamente por isso que não posso permitir que sigam vivendo. E se não for pedir demais, solte-me, por favor. Os guardas que levaram os prisioneiros logo estarão de volta. Encontrá-los me ameaçando apenas vai acelerar sua eliminação e sujar meus tapetes.

Ricardo bufou, mas, a um sinal de Alberto, acabou soltando o garoto.

Henrique ajeitou o colarinho, acrescentando, em um tom zombeteiro:

— Sou, porém, tão agradecido a vocês que darei tempo para que desfrutem da hospitalidade das masmorras do palácio antes de sua partida.

— Seu... Seu...

— Poupe sua mente estreita de buscar o melhor insulto. Já conheço os melhores que existem. Em atenção, porém, à sua comovente amizade com meu antepassado, prometo uma eliminação rápida e indolor.

Os guardas retornaram à Sala do Trono. Henrique trocou algumas palavras com o capitão e deixou a sala.

— Cavalheiros... — solicitou o oficial.

Os restauradores não tiveram outro remédio senão seguir a caminho das masmorras.

Uma incrível nação

Raquel estava sentada em um canto de sua cela pensando em como poderia escapar dali quando ouviu passos. Por certo estavam trazendo uma refeição ou coisa parecida. Ela só não esperava que, em vez de comida, os guardas estivessem trazendo dois prisioneiros tão conhecidos.

— Estela! Pedro! Vocês estão bem? Onde está o Lipe?

— Ele escapou! — foi logo contando a menina, para acalmá-la. — E estamos bem.

A porta da cela foi aberta, e os garotos foram colocados junto com a professora. Raquel abraçou os dois e esperou que os guardas se afastassem para disparar mais perguntas:

— O que aconteceu? Como vieram parar aqui? O Lipe está sozinho?

Estela tomou a palavra e começou a colocar a mãe do seu amigo a par de tudo o que havia acontecido com eles.

***

Do lado de fora das masmorras, Felipe não fazia a mais pálida ideia de como manejar uma tesoura de jardinagem. Permanecia a postos, porém, para usá-la como parte de seu disfarce.

Sem ninguém por perto, o menino pôde observar melhor o palácio. Dois anos antes, ele e Estela haviam visitado o museu em um passeio da escola. Não parecia muito diferente. Mas onde seria a cozinha?

Puxando pela memória, Felipe lembrou que não havia nem cozinhas nem banheiros dentro do Palácio de Petrópolis. Se esse lugar era mesmo tão parecido com o que ele conhecia, isso queria dizer que a cozinha ficava perto dali.

Estava perdido em seu raciocínio quando ouviu vozes. Usando (mal) a tesoura de jardinagem, agachou-se e fingiu que picotava a grama já rente do chão.

— Daqui a pouco isto aqui estará lotado para a assinatura do tratado! — comentou um dos serviçais do palácio. — Ainda mais com banquete e baile depois!

— Sem contar a eliminação...

— Mas, afinal, por que Sua Alteza quer eliminar a professora e as crianças?

— Quem sabe? Só sei que, pelo jeito dele, de hoje não passa!

— Por quê?

— Bem se vê que você é novo por aqui! O rei pediu que os guardas devolvessem as chaves das masmorras depois de levarem os últimos prisioneiros para lá. Quando ele pendura essas chaves no pescoço é porque quer tratar do assunto pessoalmente, o mais rápido possível.

Os serviçais se afastaram, ainda conversando sobre o fim de semana movimentado do Palácio de Verão.

Felipe ficou de pé, devagar. Ele não podia mais esperar pelos planos de Macau ou Angola. Tinha que salvar sua mãe e seus amigos daquelas masmorras de qualquer maneira. E rápido.

***

Estela ainda estava narrando os últimos acontecimentos à mãe do amigo quando a porta das masmorras se abriu de novo.

Após alguns segundos de expectativa, os guardas entraram, escoltando os restauradores.

Ao ver os quatro homens idênticos serem trancados na cela ao lado, a menina caiu na gargalhada.

— Ué, vocês também?

Nenhum deles teve ânimo de responder.

— Foram esses aí que pegaram vocês? — quis saber Raquel, colocando-se de pé, com um ar feroz. — Estão com sorte de haver uma grade separando a gente!

— Poupe-nos do discurso da leoa defendendo os filhotes, professora! — resmungou Ricardo. — Caso ainda não tenha se dado conta, estamos no mesmo barco!

— Agora, não é mesmo? — ralhou a historiadora. — Na hora de roubar a máquina do tempo e acabar com a história do Brasil, ninguém se lembrou disso!

— Nós não esperávamos que tudo isso chegasse tão longe — justificou Álvaro.

— Como não? E o cúmplice que vocês deixaram em 1810 para virar rei?

— A permanência de Sebastião no passado foi um acidente. A missão dele era apenas recolher e alterar a carta escrita por Leopoldina.

— A carta foi escrita em 1822 — lembrou Raquel. — O que seu amigo estava fazendo em 1810?

— Houve um erro de cálculo — esclareceu Fernando. — Não esperávamos parar em São Cristóvão doze anos antes. Muito menos sermos descobertos por dom Miguel. Foi aí que tudo desandou!

— E tudo isso para que, posso saber? — concluiu Raquel, como se estivesse diante de quatro alunos indisciplinados.

Foi Alberto que respondeu, ainda com orgulho, mas já também meio sem jeito:

— Para restaurar a glória perdida de Portugal...

— Que glória perdida? — rebateu Raquel, com a voz sobrepondo-se à dele. — Portugal pode ter perdido o poder que tinha na época das Grandes Navegações, mas nunca perdeu a glória da sua história, da sua língua e do seu povo. Vocês esperavam o quê? Que o mundo permanecesse o mesmo do tempo das caravelas? Tenham a santa paciência!

Ricardo tentou esboçar um comentário, mas não conseguiu. A fúria de Raquel não estava deixando espaço para mais nada nem ninguém:

— Olhem só o que vocês fizeram com a história do Brasil! E a de Portugal também! Vocês não tinham o direito de alterar o rumo dessa nau!

— Nós... — tentou justificar Álvaro.

— Valeu a pena? — questionou Raquel. — E, pelo amor de Fernando Pessoa, não me respondam que "tudo vale a pena se a alma não é pequena", porque o que estamos vivendo agora nessas masmorras não vale a pena nem por um minuto!

— É que...

— Os reis e rainhas de Portugal... Os príncipes, navegadores e poetas... Todo o povo que ajudou a construir uma das mais incríveis nações do mundo choraria de vergonha ao ver o rumo que a história deles tomou nas mãos de vocês!

A essa altura, os restauradores nem conseguiam mais encarar Raquel.

— A senhora tem toda a razão — admitiu Fernando. — Não era essa a história que desejávamos ver.

A professora olhou para os quatro com ar de reprovação.

— Como dizem há uns 700 anos em Portugal, meus caros, agora Inês é morta! E, graças a vocês, estamos bem perto de seguir o caminho dela!

— Não se pudermos impedir! — retrucou Alberto. — Você e os outros estavam trabalhando em uma nova máquina do tempo. Vamos usá-la para trazer Sebastião de volta para cá e mandar dom Pedro para o passado. Daí é só declarar a independência...

— Não — cortou Pedro, de forma categórica.

Todos se voltaram, surpresos, para o jovem príncipe.

***

As lavanderias ficavam próximas à cozinha. Uma delas era destinada às roupas do rei e dos membros da corte. A outra, aos serviçais do palácio. Foi essa que Felipe escolheu para entrar.

Havia diversas peças de roupa secando em varais. Outras estavam empilhadas, esperando para ser passadas. Também havia algumas penduradas em cabides, levemente perfumadas, aguardando apenas que seus donos as recolhessem.

Como era tudo muito organizado, o menino não teve dificuldade de encontrar um uniforme de pajem que coubesse nele. Em poucos minutos, estava vestido com seu passaporte para entrar na cozinha ou até mesmo no palácio.

O próximo passo seria o mais difícil: tirar as chaves do pescoço do rei.

***

Desde o momento em que a maior aventura de sua vida havia começado, Raquel imaginara encontrar diversos obstáculos até o final feliz. A recusa de dom Pedro I em voltar ao passado, porém, não estava entre eles. Com todo o cuidado que o momento exigia, ela perguntou:

— Você não quer voltar para o passado?

— Não se trata disso — respondeu o príncipe com certo desconforto. — Embora goste muito de vós e de tudo que vi, sei que meu lugar e meu tempo não são aqui. Tenho uma família. Tenho um título, um trono a ocupar e deveres a cumprir.

— Então o que você quis dizer com o "não"?

— Eu *não vou declarar a Independência do Brasil*.

— Você não pode fazer isso, Pedro! — exasperou-se a professora. — Não pode se recusar a cumprir um fato histórico como esse!

— Posso, sim — repetiu o menino, decidido.

— Você não pode mudar o nosso passado!

— Isso pode ser o seu passado, mas é o meu futuro. E eu faço dele o que quiser!

A historiadora virou-se para os restauradores, furiosa:

— Satisfeitos? Graças a vocês acabamos de perder a Independência do Brasil!

Se a situação não fosse tão crítica, a expressão idêntica de constrangimento e culpa que tomou conta dos quatro homens teria sido hilária.

A roupa nova do rei

O movimento no Palácio de Verão estava intenso demais para alguém perceber que a chefe da lavanderia — conhecida pelos companheiros como Goa — havia separado três preciosos uniformes de serviçais.

Ao cair da noite, Macau conduziu para fora dos muros o último contêiner com sacos de grama cortada. Entre eles, havia um saco com as roupas e um bilhete:

Não sei onde está a marmota. Fazendo de tudo para encontrá-la!

Angola amaldiçoou a falta de cuidado de Macau com Marmota, codinome escolhido pelo próprio Felipe para si. E agora, o que ela diria ao pai da marmota... ou, melhor, do menino? Desculpe, mas seu filho sumiu no palácio de um tirano louco que quer eliminar sua família da face da Terra?

Pela enésima vez nos últimos minutos, Angola consultou o relógio. Os convidados da festa não tardariam a chegar. Ela só esperava que os *seus* convidados também não demorassem muito.

***

A "marmota" que tanto preocupava Angola descobriu que, assim como em Petrópolis, os banheiros haviam sido construídos fora do palácio original. Havia um maior, para convidados, e um menor, mas também bem grande, só para o rei, que no momento se banhava como se a água do planeta fosse infinita.

E foi na casa de banhos do rei que Felipe entrou ao cair da noite, com uma pilha de toalhas felpudas e perfumadas nas mãos. O menino acreditava que essa seria sua melhor chance de conseguir as chaves das masmorras que o monarca levava ao pescoço.

A camiseta preta e os *jeans* usados por Henrique durante a tarde estavam cuidadosamente colocados em cima de uma cadeira para serem recolhidos depois. A lógica ditava que o cordão com as chaves também estaria ali.

Embaixo do chuveiro, o rei cantarolava. Enquanto isso, Felipe revirava as roupas sujas, ansioso. Sem encontrar o que buscava, passou a procurar em cima de todas as superfícies do quarto de vestir. Onde estavam... onde estavam as benditas chaves?

Dentro do banheiro, a água parou de correr. Felipe correu os olhos ao redor, buscando um lugar para se esconder.

***

Do seu esconderijo, Angola observava os primeiros convidados chegando ao Palácio de Verão. Parecia um elenco de filme de época. Os homens vestiam casacas de veludo. As mulheres exibiam penteados complicados, cheios de cachinhos. Usavam luvas e vestidos longos, estilo império, de cores claras.

Angola havia esperado a vida toda pelo momento em que o príncipe Pedro apareceria e o Movimento do Ipiranga ajudaria a restaurar a História. Mas nada do que havia imaginado se parecia com invadir o Palácio de Verão em um dia como esse para resgatar o príncipe e seus amigos.

Sabia que a situação estava longe do ideal, pois tinha sido apanhada de surpresa para organizar um ataque apropriado. Estavam em número muito inferior ao dos oficiais do rei. Por isso, tinham que contar com a sorte para que a noite desse dia 7 de setembro terminasse bem.

Estava mergulhada nesses pensamentos quando seu amigo taxista surgiu em silêncio das sombras, acompanhado de um homem que ela não conhecia. Pela semelhança com o filho, porém, ela deduziu quem era.

— Moçambique — cumprimentou a mulher, com um movimento de cabeça. — E esse deve ser o pai de Marmota.

— Angola — saudou o companheiro. — Sim, esse é o pai de Marmota.

— Onde está o Lipe? — cobrou Augusto, impaciente. — E que história é essa de chamar o meu filho de "marmota"?

Angola suspirou. De fato, estava cada vez mais difícil liderar um movimento de resistência. Ou de qualquer coisa, para falar a verdade.

***

Quando a água do chuveiro deixou de correr, a melhor ideia que ocorreu a Felipe foi esconder-se atrás de um enorme espelho de corpo inteiro próximo à porta dupla que levava ao banheiro real.

Nem um pouco majestático, Henrique saiu assoviando, toalha de banho amarrada na cintura. As chaves, porém, não estavam em seu pescoço. Era bem provável que tivessem ficado para trás.

Com cautela, aproveitando-se do fato de que o rei estava de costas, mexendo em seu armário, Felipe esgueirou-se para dentro do banheiro. Ele só não se deu conta de que o espelho que ele havia usado como esconderijo não era o único do quarto de vestir.

***

Angola não deu muito espaço para Augusto reclamar do codinome de Felipe. Foi logo colocando um dos uniformes do Palácio de Verão em suas mãos e ordenando:

— Vista isso. Agora. Seu filho está lá dentro, precisando de você.

— Isso é outra questão! Como pôde deixar um menino que mal fez 12 anos sozinho dentro daquele lugar? Minha mulher vai me matar quando souber!…

— Não vai, não. Ela também está lá dentro!

— O quê?!

— Menos perguntas e mais ação, por favor! Se demorar mais um pouco, sua mulher e seu filho vão acabar virando fósseis!

Augusto não pretendia que sua família virasse seu objeto de estudo, mesmo que de forma figurada. Deixando os questionamentos de lado, tratou de vestir a roupa que lhe daria acesso ao palácio.

***

O banheiro estava envolto em uma nuvem de vapor, mas, assim que entrou, Felipe conseguiu encontrar as chaves, que estavam penduradas em um gancho de toalha. Mal ele colocou a mão nelas, uma voz surgida por trás dele perguntou:

— Aonde você pensa que vai com isso?

A mão do garoto fechou-se como uma garra em torno das chaves.

— Passe isso para cá — ordenou o rei, em voz gélida. — Agora.

***

Angola, Moçambique e Augusto penetraram no palácio por um dos portões laterais. Os uniformes que vestiam permitiam que se movimentassem por toda a propriedade sem chamar a atenção.

Goa, a encarregada da lavanderia que havia separado os uniformes, veio encontrá-los. Assim como Angola, ela tinha os cabelos presos e vestia uma saia de cor clara, ampla e engomada. Um colete de veludo, usado por cima de uma camisa branca, fazia par com a casaca verde, de botões dourados, dos homens que serviam ao rei.

— Angola, Moçambique. É bom tê-los aqui!

— Goa — saudou sua líder. — É bom *estar* aqui. Alguma notícia da águia?

— Ainda na gaiola.

— E a marmota? — cortou Augusto, impaciente. — Onde está a marmota?

A moça conhecida como Goa pareceu ficar confusa:

— Nós temos uma marmota?

— É o jovem aprendiz de Macau — esclareceu Angola, revirando os olhos. — Não houve tempo de passar o codinome para todos.

— Ah! Macau estava procurando por ele. Sem sucesso, devo dizer.

— Seus irresponsáveis! — vociferou o paleontólogo.

— Vamos nos acalmar e seguir os procedimentos de invasão e resgate — recomendou Angola. — Pode nos guiar até a gaiola, Goa?

— Sim, é claro.

— É seguro? — quis saber Moçambique.

— Sim. Dominamos a cozinha.

— Quem está lá?

— Timor, Guiné e Cabo. Tomé e Príncipe também. Por conta da festa, até Macau foi escalado para trabalhar como copeiro. O problema é que ninguém conseguiu pegar as chaves da gaiola até agora.

— Que gaiola é essa? — explodiu Augusto.

— As masmorras — explicou Angola.

— Masmorras? Mas Petrópolis...

— Quer fazer o favor de ficar quieto? Não estamos em Petrópolis! Augusto mordeu o lábio inferior, contrariado.

— As chaves da gaiola devem estar com um dos guardas — observou Moçambique. — Em geral, quem fica com elas, Goa?

— Aí é que está: hoje não é um dia normal. As chaves estão com o próprio rei.

***

O rei não fazia ideia de onde estavam seus guardas. Provavelmente ocupados com a segurança do evento. As autoridades dos países e reinos que assinariam o tratado também não tardariam a chegar.

Impaciente e irritado (aquele garoto intrometido iria atrasá-lo), Henrique agarrou Felipe pelos braços e resolveu levá-lo pessoalmente para as masmorras. Usava apenas a toalha de banho amarrada à cintura e o cordão com as chaves no pescoço. E, é claro, numa das mãos, o punhal que costumava acompanhá-lo a qualquer parte.

***

De todas as situações inusitadas de sua vida, Augusto nunca imaginara que um dia estaria reunido com conspiradores rebeldes na cozinha de um palácio real.

— Vamos arrombar a porta da gaiola! — propôs Moçambique, inflamado.

— Não podemos! — lembrou Goa. — Isso vai disparar um alarme na central de segurança. Iremos todos presos. Sem contar que perderemos a oportunidade de sabotar a assinatura do Tratado de Sebastianópolis!

— Isso não importa! — lembrou Augusto, ansioso para libertar sua mulher. — Se conseguirmos mandar Pedro de volta para sua época, não haverá tratado algum!

— E nós temos como mandar a águia de volta? — perguntou o cozinheiro que chamavam de Timor, acentuando o código escolhido para Pedro.

— Tem gente trabalhando nisso — informou Angola, virando-se para o paleontólogo. — Alguma notícia das andorinhas?

Augusto suspirou. Lidar com aquela gente era como fazer um cruzeiro na Arca de Noé: não importava para onde você se virasse, sempre esbarrava no nome de algum animal. Com a paciência nas últimas, perguntou:

— Quem são as andorinhas?

Todos olharam para ele com ar de reprovação. Qual era o ponto de terem códigos para garantir a segurança de sua comunicação se eles não eram usados?

— Os físicos — sussurrou Angola.

— Ah! Não faço ideia — respondeu Augusto, afinal. — Não cheguei meu celular.

Um novo olhar de reprovação percorreu a cozinha. Constrangido, o pai de Felipe tratou de tirar o celular do bolso e conferir as últimas informações. Para sua surpresa, lá estava a mensagem tão esperada, enviada por Lia:

Terminamos. Aguardamos instruções.

***

Por um momento Felipe se viu tentado a arrancar a toalha de Henrique Afonso para distraí-lo e sair correndo. Mas um punhal estreito e afiado em suas costas mostrava que provocar aquele rei não era uma boa ideia. Por essa razão, deixou-se levar por ele até a porta da cozinha, que

Henrique abriu com um pontapé. Dez serviçais uniformizados estavam ali dentro. Cozinheiro, ajudantes, copeiros. Todos espantados ao vê-lo.

O que o rei não sabia é que, sem tirarem os olhos de sua figura, as mãos daquelas pessoas foram pousando, disfarçadamente, em cima de qualquer coisa que pudesse servir de arma: um soquete de alho, um rolo de macarrão, um garfo, uma vassoura.

— O que estão olhando? Esse menino invadiu meu banheiro! — esclareceu o rei, furioso. — Estou indo com ele para as masmorras!

Uma copeira fez coro ao soberano:

— É isso aí! Por que essas caras? Sua Majestade tem o direito de andar vestido, ou quase isso, como desejar! Voltem ao trabalho e deixem que ele abra essa porta para prender o fedelho!

Felipe quase não conseguiu conter o sorriso que estava se formando em seu rosto. A copeira que liderava os outros serviçais não era outra senão sua amiga Angola. E ao lado dela estava uma das pessoas que conhecia e amava há mais tempo em sua vida: seu pai.

***

Quando Augusto viu aquele adolescente magrelo, mas de olhar ameaçador, arrastar seu filho em direção às masmorras, sua vontade foi derrubá-lo no chão com um belo murro na cara.

Não fosse Angola ter impedido que qualquer um dentro da cozinha agisse por impulso, ele teria atacado o rei ali mesmo. Mas Angola segurava a todos com uma das mãos para baixo fazendo o sinal de espera.

Henrique encaixou a chave na porta das masmorras, abrindo-a. Na mesma hora, a própria Angola ergueu o rolo de macarrão e bateu na cabeça dele.

O rei nunca soube o que o atingiu. A toalha caiu. Nu como veio ao mundo, o poderoso dom Henrique Afonso I desabou nocauteado no chão da cozinha.

A placa que não estava em seu lugar

Raquel sabia que Pedro era teimoso e detestava ser pressionado. Por isso, proibiu que as outras pessoas presas nas masmorras voltassem a tocar no assunto da independência. Em sua opinião, o príncipe precisava de tempo para pensar e lidar com seus sentimentos. E ninguém ousava contrariar, no momento, as opiniões daquela mulher. Com isso, a prisão mergulhou em um silêncio em que podiam ouvir as asas de um mosquito batendo. Até que uma chave girou na fechadura.

Estela colocou-se de pé, juntando-se a Raquel e Pedro. Mesmo os restauradores se puseram em alerta. Mas não foi o rei ou seus guardas que adentraram as masmorras. Foi Felipe! E Augusto!

O menino correu abrir a porta da cela onde estavam Raquel e seus amigos. O primeiro abraço foi da mãe, mas o melhor sorriso — quase estourando de orgulho — foi de Estela.

Augusto já ia abrir a porta da cela dos restauradores quando Felipe ergueu o braço, fazendo sinal para que parassem. Todos obedeceram.

— Espere aí, pai! Foram esses homens que sequestraram Pedro!

Raquel tranquilizou-o.

— Tudo certo, filho. Podem soltá-los. Esses homens estão do nosso lado agora.

— Podemos confiar neles?

— Foram traídos pelo rei. Se ainda apoiarem seu reinado, são mais estúpidos do que eu imaginava.

Fernando deu um passo à frente, tomando a liderança.

— Garantimos que não é o caso. Queremos ajudar a restaurar a ordem perdida.

— Ótimo! — aprovou Angola. — Então saiam dessa cela e abram espaço para o novo ocupante.

Os ex-prisioneiros obedeceram, acompanhando, surpresos, a colocação do rei inconsciente, enrolado apenas em uma toalha, na cela que era deles.

***

O plano traçado ali mesmo, na hora, era simples: os restauradores, mais Augusto, Raquel e as crianças, iriam para o Rio de Janeiro embarcar Pedro em sua viagem no tempo na Quinta da Boa Vista.

O Movimento do Ipiranga ficaria para trás, controlando o palácio e impedindo que Henrique Afonso fosse descoberto nas masmorras.

— Como vocês vão fazer isso, Angola? — quis saber Augusto. — Mais cedo ou mais tarde, os guardas vão procurar pelo rei...

— Deixe conosco. Nada que um jantar preparado com os ingredientes certos não resolva.

— Você não vai envenenar ninguém, vai?

— Não. Mas podemos fazer com que todos no palácio durmam por cem anos... Ou tenham uma bela dor de barriga!

***

Valendo-se do seu disfarce de serviçal do palácio, Augusto conseguiu acesso à van dos restauradores. Ele tomou o volante, com Raquel ao seu lado, enquanto os outros se acomodavam atrás.

Os restauradores, no fundo do veículo, não falavam nada. Pareciam quatro estátuas idênticas.

Estela, Felipe e Pedro conversavam baixinho, colocando-se a par das aventuras uns dos outros.

— Tu és um herói, Felipe — elogiou o príncipe. — Conseguiste nos libertar.

— Mais ou menos — admitiu o outro menino. — O rei me apanhou antes que eu conseguisse chegar até vocês nas masmorras. Não fosse o pessoal do Movimento do Ipiranga ter tomado a cozinha, eu estaria agora preso na mesma cela!

— Ninguém faz nada sozinho — observou Estela. — De vez em quando precisamos de ajuda. Você foi muito corajoso, e é isso que conta. Mas, afinal, o que é esse tal Movimento do Ipiranga?

— São pessoas que lutam para restaurar a história do Brasil.

— O que *era* a história do Brasil — corrigiu Estela, revelando: — Pedro não vai mais declarar a Independência.

— O quê? — assustou-se Felipe. — Como assim?

— Não posso cometer essa traição ao reino de Portugal! — justificou o príncipe. — Tu me compreendes, não é mesmo?

— Mas... Mas...

Raquel virou-se para trás, mandando, com o olhar, que o filho não insistisse. Felipe não teve outro caminho senão encolher os ombros e abrir os braços, cedendo:

— Então tá, né? Fazer o quê? A gente se adapta...

Pedro não falou mais nada, voltando o olhar para a paisagem da janela, obscurecida pela noite.

Felipe encarou Estela, ainda desconcertado. Mais com mímica do que com palavras, a menina explicou ao amigo que o rei havia revelado ao príncipe seu papel no episódio. E que Pedro não havia ficado nem um pouco feliz com isso.

O restante da viagem até o Rio de Janeiro foi feito praticamente em silêncio.

***

Quando Augusto avistou os contornos tão conhecidos do Museu Nacional, seu coração se acelerou. Não havia cheiro de fumaça, escombros ou qualquer outro sinal de destruição.

— Quel! O museu! Está inteiro!

Raquel, que estava de olhos fechados, quase cochilando, levou alguns segundos para processar a informação. E então sorriu.

— É claro que está inteiro. Nesta realidade que estamos vivendo, ele não é nem mesmo um museu. É um palácio, o Palácio Real do

Grande Reino. Por sorte, deve estar meio vazio hoje, já que o rei não está aqui.

— É incrível vê-lo novamente inteiro.

— Eu sei. Mas é bem provável, ao consertarmos a História, que ele volte a ficar tão destruído como nós o deixamos em nossa linha do tempo.

— Não há nada que a gente possa fazer para impedir o incêndio?

— Infelizmente, não. Mesmo trágica, essa é a história desse palácio. O fogo é uma das marcas que o tempo deixou nele, assim como eu e você já temos alguns fios de cabelos brancos e algumas rugas ao redor dos olhos.

Augusto suspirou, estacionando a van em uma das ruas próximas. Todos saltaram do carro tentando se proteger do frio da noite. Lia e Acácio esperavam no ponto de encontro marcado. Traziam com eles a máquina do tempo e uma garrafa térmica de café.

Os adultos bebericaram um pouco da bebida quente, enquanto os físicos eram colocados a par dos últimos acontecimentos. Finalmente, o professor falou:

— É importante que vocês saibam que essa nova máquina do tempo é muito mais frágil do que a outra...

— Aquela que foi roubada e perdida no incêndio do museu — frisou Lia, com um olhar de censura para os quatro homens idênticos. — Acreditamos, porém, que ela aguente abrir o Portal do Tempo pelo menos uma única vez. Então, é bom que a escolha do dia e da hora seja sábia.

— Nós sabemos o dia e a hora em que chegamos ao passado da outra vez — informou Fernando. — Se pudermos repetir essas condições, alcançaremos Sebastião antes que ele deixe o palácio.

— Muito bem — aprovou Raquel. — E como vão fazer para trazê-lo de volta?

— Isso é fácil. É só falar que a data estava errada e ele precisa retornar para corrigirmos o engano. Só há um problema: Álvaro e eu estávamos lá. Não podemos correr o risco de nos encontrarmos conosco mesmos.

— Eu irei com Ricardo — ofereceu-se Alberto. — Traremos Sebastião para cá.

— Certo — concordou Raquel. — Mas não demorem muito. Por precaução, mandaremos Pedro de volta apenas quando seu amigo chegar aqui.

— Onde abriremos o portal? — quis saber Augusto. — Não é seguro invadir o palácio para utilizar a mesma sala em que ele foi aberto da última vez.

— Vai ser ali — decidiu a professora, apontando para um ponto específico na frente do palácio.

— Ali? — espantou-se Lia. — É algum lugar especial?

— É onde estaria enterrada a cápsula do tempo.

— Como?

— Nas comemorações dos 150 anos da Independência do Brasil foi enterrada neste local uma cápsula do tempo, que seria aberta nas festividades dos 200 anos. Aqui havia uma placa de bronze que... O que ela dizia mesmo, Augusto?

O paleontólogo, que já havia passado muitas e muitas vezes pela placa, repetiu as palavras que conhecia de cor:

— "Todos que por aqui passem protejam esta laje, pois ela guarda um documento que revela a cultura de uma geração e um marco na história de um povo que soube construir o seu próprio futuro".

— Estou arrepiada — confessou Lia.

— Eu também — concordou Raquel, evitando olhar para Pedro, que estava prestando atenção em tudo o que diziam. — Principalmente em ver que a placa não está aqui... E que talvez nunca mais volte a estar.

Nenhuma explicação a mais foi necessária. Aquele era o local em que abririam o novo Portal do Tempo. Provavelmente pela última vez na História.

Chegadas e partidas

Em 1810, o Palácio de São Cristóvão ainda era menor e menos organizado do que se tornaria décadas mais tarde. Por essa razão, não havia guardas ao cair da noite no ponto em que o Portal do Tempo se abriu.

Com cuidado para não serem vistos, Alberto e Ricardo penetraram na residência da Família Real. Pé ante pé, chegaram à porta do cômodo que buscavam.

Ricardo levou a mão à maçaneta, mas Alberto fez sinal para que ele aguardasse. Eles sabiam que, em breve, Sebastião deixaria a sala. Do lado de fora, ouviram quando ele declarou, solene:

— Um pequeno passo para o homem, um grande salto para a glória de Portugal. Adeus, amigos. Obrigado por me acompanharem até aqui. Pela glória lusitana, amigos!

— Pela glória! — repetiram os outros dois.

A porta foi aberta. Sebastião saiu da sala, fechou a porta e endireitou sua casaca. Estava prestes a sair caminhando para cumprir sua missão quando viu os companheiros que deviam estar no Museu Nacional.

— Alberto! Ricardo! O que aconteceu?

— Você nem imagina...

***

Em 2018, o céu estava começando a ganhar o tom que fica entre o roxo e o azulado nas primeiras horas da manhã. Aguardando a volta dos restauradores com Sebastião, os adultos andavam em torno do buraco enevoado, inquietos.

Um pouco mais afastadas, as crianças apenas aguardavam, mais tranquilas. Mesmo Pedro, sempre inquieto, estava sentado na grama, contemplando, pensativo, o Palácio Real de um reino que não era mais seu.

— Saudades de casa? — perguntou Felipe.

O príncipe deu de ombros.

— Minha casa, assim como meu coração, fica em tantos lugares... Portugal... Brasil... Acho que já estou mesmo é ficando com saudades das pessoas.

— Da sua família?

Os olhos vivos de Pedro cintilaram. Dava para perceber que estavam cheios de lágrimas.

— Não. De vós.

Emocionada, Estela tirou o anel de estrela que nunca saía de seu dedo e ofereceu-o ao príncipe.

— Leve isso com você.

— É tua estrela!

— Para iluminar seu coração e sua mente. Sempre.

Pedro fez o anel escorregar por um de seus dedos mindinhos e beijou a mão da menina, dizendo:

— Obrigado. Nunca me esquecerei de todos vós.

Em seguida, o príncipe estendeu a sua própria mão para o outro menino:

— Eu sei que, no início, tu nem gostavas muito de mim. Mesmo assim, nunca me faltaste. Tu és um grande homem, Felipe.

— Estou tentando aprender a ser! — foi a resposta do menino, puxando o príncipe para um abraço de irmão. — Mas saber que você faria a mesma coisa por mim ajudou muito! Afinal, você pode ter um milhão de defeitos...

Pedro afastou-se do abraço, erguendo uma das sobrancelhas de forma jocosa.

— Tantos assim?

— ... mas sabe lutar pelo que quer!

Pedro caiu na gargalhada.

— Ah, isso eu sei mesmo! Falando nisso, sabes aquele grandão da tua escola?

— Quem? O Zé Vinícius?

— Esse. Quando ele te importunar, dá nele um peteleco no nariz.

— Como? — indagou Felipe, atônito com o conselho.

— É assim que eu faço com alguns chatos que beijam a minha mão. Eu me divirto à beça com o mano Miguel fazendo isso!

Felipe desatou a rir. Não conseguia imaginar uma situação em que Zé Vinícius beijaria sua mão, para poder aplicar o peteleco ensinado pelo príncipe. Mas, mesmo assim, agradeceu pela dica.

— Obrigado, Pedro. E, se der, arrase no Grito do Ipiranga!

— No quê?

— Nada. Se um dia você mudar de ideia sobre a Independência do Brasil, vai entender...

***

Quando Sebastião saiu do Portal do Tempo escoltado por Ricardo e Alberto, espantou-se com o inusitado comitê de recepção que aguardava por ele.

— O que aconteceu aqui? — perguntou o homem, atordoado. — Quem são essas pessoas?

Raquel, Lia, Augusto e Acácio deixaram que os quatro restauradores lidassem com Sebastião, colocando-o a par de tudo o que havia acontecido. Era hora de Pedro ir embora.

Ao ser chamado pelos adultos, o menino foi correndo. Primeiro despediu-se dos físicos, agradecendo pela chance de voltar para casa. Então, parou diante de Augusto, que o esperava com a espada de madeira nas mãos.

— Encontrei isto aqui dentro da van. É sua, não é?

Pedro tomou a espada nas mãos, como se tivesse acabado de ser sagrado cavaleiro. Em um rompante, abraçou Augusto.

— Obrigado por teres me encontrado e cuidado de mim! Nunca me esquecerei de ti e de tua família!

Augusto apertou o menino nos braços como se fosse um filho, dizendo:

— Na noite em que perdi praticamente tudo o que construí na vida, com exceção da minha família, encontrei uma causa para proteger e pela qual lutar. Eu é que agradeço por ter confiado em mim.

— Seguirei confiando mesmo depois de partir, Augusto — foi a resposta de Pedro, apontando para o museu. — Tenho certeza de que tu ajudarás a reconstruir minha casa.

— Eu e muitos outros. Pode contar com isso, Majestade.

— Para todos vós é apenas Pedro. Para sempre.

Os olhos do paleontólogo se encheram de água.

Pedro encaminhou-se, então, para despedir-se de Raquel. Foi surpreendido, porém, pela mão estendida da professora.

— Vamos? Está na hora.

— Tu irás comigo? — surpreendeu-se o príncipe.

— Você vai com ele? — repetiu Felipe, mais surpreso ainda.

— Vou levá-lo em segurança até sua casa — respondeu a historiadora, piscando o olho para o filho. — Confie em mim, Lipe. Estarei de volta dentro de alguns minutos, antes que o portal se feche. Vamos, Pedro?

O menino guardou a espada de madeira na bainha, endireitou o colete cor de areia que vestia e deu a mão à mulher que havia aprendido a respeitar como uma mãe. Ou até mais do que isso.

Raquel apertou a mão do herdeiro do trono português, ainda menor que a sua, e os dois pularam juntos no Portal do Tempo.

E o resto é história...

Nenhum relato histórico preparou Raquel para a visão do antigo Palácio Real de São Cristóvão ao luar. Era completamente diferente do prédio que ela havia deixado para trás no século XXI.

Para começar, havia ainda apenas um torreão, do lado norte da fachada, onde funcionaria, durante alguns anos, um observatório. Os portugueses levavam muito a sério a observação das estrelas, essenciais para um povo navegador.

Duas escadas em arco, eliminadas em algum período das inúmeras reformas, abraçavam a porta principal, acolhedoras. E, no lugar dos três pavimentos, havia apenas dois, com janelas douradas pela luz das velas que ardiam em seu interior.

Próximo dali, como uma trilha iluminada por vagalumes, ficava o famoso Caminho das Lanternas, que ligava o Palácio Real ao centro da cidade.

Mas o mais incrível era o silêncio... Era um silêncio que não existia mais, de outra era, cortado apenas pelos grilos e pelo farfalhar das folhas das árvores ao redor. Raquel não queria quebrá-lo por nada neste mundo. Se pudesse, guardaria, para sempre, aquele silêncio dentro dela.

Por um momento, a professora levou a mão ao celular em seu bolso, pronta para tirar ao menos uma fotografia. Então, desistiu. Certas experiências existem para serem vividas e guardadas na memória. Nenhuma foto, absolutamente nenhuma, seria capaz de reproduzir suas emoções naquele momento. Qualquer registro seria uma lembrança muito pálida e pequena daquela noite encantada.

Com os olhos marejados, a historiadora deu lugar à mãe que ela havia aprendido a ser para Pedro, dizendo:

— Gostaria de poder lhe dar um milhão de conselhos. Mas não posso. Tudo o que posso fazer é desejar a você que tenha serenidade para aceitar as coisas que não pode mudar, coragem para mudar as coisas que pode e sabedoria para reconhecer a diferença entre elas.

As lágrimas rolaram pelo rosto do príncipe, que rapidamente as enxugou com as costas das mãos.

— Tu irás embora zangada comigo?

— Não. Por que iria embora zangada?

— Por causa da Independência.

Raquel suspirou.

— Como você mesmo disse, é o meu passado, mas também é o seu futuro.

— Eu sei. Quero ser um bom rei para Portugal. Mas também não quero que os brasileiros tenham de viver em um reino como aquele que conhecemos.

— Quanto a isso, fique tranquilo. Com Sebastião de volta ao seu próprio tempo, aquela história não vai se repetir.

— Mas se eu não declarar a Independência, a história do Brasil vai mudar.

Raquel fez que sim com a cabeça.

— Para o mal? — indagou o menino, com uma nota de preocupação na voz.

— Não necessariamente.

— O que pode acontecer?

— Os historiadores também já se fizeram essa pergunta, Pedro. Não há uma resposta só. Mesmo porque a História não é feita somente de grandes gestos. Há pequenos detalhes que também podem mudar tudo: uma carta que chega na hora certa, um mal-estar que faz o humor de um príncipe desandar... As combinações são infinitas, as possibilidades são inúmeras.

O menino mordeu o lábio inferior, ansioso.

— Não posso cometer semelhante traição ao meu pai, você entende?

— Pois a ideia partiu justamente dele.

Pedro ficou agitado pela revelação. A roupa de 1810 parecia subitamente áspera e quente demais.

— Impossível!

Raquel fez um gesto com a mão para que ele se acalmasse e explicou:

— Quando sua família veio para o Brasil, seu pai realizou diversas mudanças e melhoras. Com isso, um processo irreversível de crescimento começou. Quando as tropas de Napoleão finalmente deixaram Portugal, dom João sofreu pressão para retornar à Europa. Antes de partir, porém, nomeou você como regente. E recomendou que colocasse a coroa do Brasil sobre a sua cabeça, antes que algum aventureiro o fizesse.

Pedro sorriu com afeição à lembrança do pai.

— Isso bem parece algo que ele diria.

— Pois é. Ele disse. E você seguiu seu conselho. Declarou a Independência do Brasil e colocou a coroa em sua cabeça.

— Esse meu gesto impensado só pode ter desencadeado uma guerra!

Raquel sacudiu a própria cabeça, negando.

— Houve revoltas, mas não uma guerra. No final das contas, o país continuou se relacionando com Portugal. Afinal, era o pai no trono de lá e o filho no trono de cá. E se hoje somos o quinto maior país do mundo em extensão territorial, isso se deve, em parte, a você. A declaração de Independência e o seu reinado garantiram a unidade do Brasil, impedindo que o país se dividisse em repúblicas menores, como aconteceu com a América espanhola.

Pedro passou os dedos por dentro do colarinho, inquieto.

— Como sabes disso tudo?

— Alguma coisa todos os brasileiros aprendem na escola. Outros, como eu, continuam a estudar seus feitos na universidade. Além disso, sua vida foi contada em livros, filmes e programas de TV.

— Como aquele que vi?

— Isso mesmo.

— E eu falei mesmo aquela frase tola?

— "Independência ou morte"?

— Essa!

Raquel respondeu com um sorriso nos lábios:

— Ninguém sabe ao certo. Diz a lenda que sim. E a frase não é tola!

Um sorriso travesso foi surgindo no rosto de Pedro.

— Eu me tornei parte de uma lenda?

— Parte? Você é uma lenda, Pedro! O primeiro imperador do Brasil. Uma posição única na história do continente americano...

Mas o príncipe nem ouviu direito o que a professora de História estava explicando. Só havia registrado uma palavra:

— Imperador?

— Sim — confirmou Raquel. — dom Pedro I. Pai de outro imperador do Brasil. E de uma rainha de Portugal.

— Mesmo declarando a Independência, eu coloquei um filho em cada trono?

— Como diria minha avó, você era do balacobaco, Pedro. E essa é a história que vamos perder se você não declarar a Independência do Brasil quando chegar a hora!

O menino pousou a mão em sua espada de brinquedo, refletindo.

— Eu não posso prometer nada agora, a não ser que vou pensar.

— É justo. Agora tenho que ir. Já falei muito mais do que devia.

O príncipe inclinou sua cabeça diante da historiadora.

— Adeus, Raquel. Foi uma honra ter sido hóspede em vossa casa e, mais ainda, ter sido tratado como um filho durante os dias em que estivemos juntos. Nunca me esquecerei disso.

Raquel abraçou-o e, com um beijo terno em sua testa, despediu-se dele.

— Adeus, Pedro. Foi uma honra conhecê-lo.

Com um último olhar para o palácio e o menino, a professora mergulhou no Portal do Tempo. Alguns segundos depois, a passagem para o passado se fechou para sempre.

Epílogo
Rio de Janeiro, setembro de 2022

— Eu poderia ter sido rei — lamentou Sebastião, desolado.
Ele estava na sede da G<small>LOLUS</small>, agora de fato uma empresa voltada para a restauração de objetos e documentos históricos. Perto dele, seus amigos idênticos restauravam alguns documentos da Biblioteca Nacional. Diante do seu desabafo, os quatro lançaram-lhe um olhar de reprovação.
— Nem pensar — cortou Fernando. — Você criou um império monstruoso. Sem contar que fundou uma dinastia que não valia a pena preservar!
Ricardo apontou para um bebê que engatinhava em cima da superfície espelhada da mesa de reuniões.
— Só espero que esse aí não vá pelo mesmo caminho daquele seu descendente traidor...
— Este aqui nunca vai nos trair! — protestou Sebastião, pegando o filho, nascido poucos meses antes, no colo. — E parem de falar essas coisas perto do Henrique!
O bebê Henrique, que havia herdado os olhos e cabelos claros do pai, ofereceu aos padrinhos um sorriso amistoso, ainda sem muitos dentes. Era um bebê simpático e muito tranquilo. Pelo menos até ali...
***
— Manhê! — gritou Felipe, entrando em casa. — Chegamos! Onde você está?

Raquel ergueu os olhos dos documentos que examinava por cima dos aros dos óculos de leitura. Havia passado a usá-los no ano anterior e ainda não tinha se acostumado.

— Estou no escritório! Estela está com você?

— E quando ela não está? — caçoou o rapaz. — Não desgruda de mim!

— Palhaço! — ralhou a moça, batendo de leve em seu braço.

De mãos dadas, os dois foram encontrar a professora, agora uma das maiores autoridades do país no período da permanência da Família Real no Brasil e na infância de dom Pedro I.

— Estamos aqui — anunciou o filho, da porta.

A mãe virou-se para olhá-los.

— Ótimo. Cheguem mais perto.

— Por que chamou a gente? — quis saber Estela, curiosa. — Achou outra evidência do anel de estrela em alguma fotografia ou documento?

No ano anterior, a moça havia ido à loucura com a descoberta de que seu anel de estrela, o mesmo dado a Pedro antes de sua partida, aparecia em uma pintura da princesa Isabel quando jovem.

— Tão bom quanto isso — foi a resposta de Raquel. — Ou até melhor!

Quando os dois jovens se aproximaram, viram que havia um documento amarelado nas mãos da historiadora. Mas isso não era inédito: era muito frequente encontrá-la examinando papéis antigos.

— Hoje foi aberta a cápsula do tempo do Museu Nacional — explicou a professora.

— Esse papel estava dentro dela? — perguntou Felipe.

— Não. E não é um papel qualquer. É uma carta.

— O que isso tem a ver com a cápsula?

— Essa carta estava dentro de uma caixa de metal, enterrada em uma área próxima, abaixo da cápsula do tempo.

— Por quem?

Os olhos de Raquel brilharam.

— Adivinhem.

— Pedro? — arriscou Estela.

A resposta foi um pequeno aceno de cabeça.

— Para quem era a carta? — quis saber Felipe. — Vai me dizer que era para alguma namorada...

— Que namorada qual o quê! A carta é para nós!

— O quê?! — exclamou Estela, debruçando-se, ansiosa, sobre o documento. — O que está escrito? Você já decifrou?

Raquel sorriu.

— Calma! Isto aqui não está em hieróglifos para ser decifrado. Foi escrito em um português bastante bom. Dom Pedro escrevia bem. Eu já contei o episódio em que ele escreveu diversas cartas a um jornal, assinando como...

— Já — cortou Felipe, também ansioso. — Há quatro anos, Pedro de Alcântara é um dos nomes mais falados dessa casa. Pule essa parte! O que ele escreveu?

Raquel pegou um bloco, onde estava transcrevendo as palavras do imperador. Embora a escrita de Pedro fosse boa, ainda assim era arcaica. Melhor transcrever que deixar que colocassem as mãos no documento tentando ler o que estava escrito.

Limpando a garganta, a professora começou a ler:

Boa Vista, sete de abril de mil oitocentos e trinta e um, décimo da Independência e do Império

Caríssimos amigos Augusto, Raquel, Felipe e Estela

Acabo de assinar minha abdicação em favor de meu filho, como vós bem deveis sabê-lo. Foi o último dia que passei como imperador desta linda terra que tanto amei e ainda amo. Mas não poderia partir sem antes deixar para trás uma palavra para vós.

Mais de 20 anos se passaram de nossa aventura. Confesso que, por várias vezes, peguei-me pensando que havia sonhado com tudo o que vivemos juntos: ir à escola, subir ao Pão de Açúcar de bondinho, visitar o Museu do Amanhã, "pegar jacaré" na praia e até mesmo enfrentar um usurpador do trono português!

    O tempo passou para mim. Como bem o deveis saber, casei-me. Duas vezes. Vi meu pai partir. Tornei-me, eu mesmo, pai. Muito mais que duas vezes. Jurei ficar no Brasil. Declarei sua Independência. Dei a uma nação sua primeira Constituição.

    Tenho certeza de que hoje sei quase todas as coisas que, aos 11 anos, eu não podia saber. Conhecer o futuro pode ser um peso. Mas, em alguns casos, também pode ser uma bênção: apenas o fato de que meu filho Pedro subirá um dia ao trono brasileiro consola-me em deixá-lo para trás.

    Parto ao raiar do dia. Levo comigo a tranquilidade de também saber que o Brasil sobreviverá e que, no final das contas, será uma grande nação. Formada por tão brava gente, não há como ser diferente. Parto certo de que meu nome atravessará o tempo, com todas as minhas derrotas e desventuras, mas também com minhas conquistas e paixões. Cortei laços, sim, mas fiz muitos outros, mantendo a unidade de um gigante. Errei bastante, eu sei. Mas o tempo dirá que também acertei. Aliás, já disse.

    Saudades sempre e minha eterna gratidão,
    Pedro

Quando Raquel acabou de ler, as lágrimas corriam pelo rosto de Estela. Mesmo Felipe enxugava os cantos dos olhos discretamente, como se limpasse um cisco.

— O que vai fazer com a carta, mãe?

— O que fazemos ou deveríamos fazer com toda a história: preservá-la. E quem sabe, um dia, recontá-la aos seus filhos, e eles, aos filhos deles... Afinal, contar histórias ainda é a forma mais segura que eu conheço de viajar no tempo.

A carta de Pedro foi dobrada com cuidado, como a lembrança de um amigo querido, e guardada em seu envelope para, um dia, ser mostrada a uma nova geração.

A autora

Glaucia Lewicki nasceu em 13 de fevereiro de 1970, em Niterói, no Rio de Janeiro. É formada em Comunicação Social pela PUC-RJ, com especialização em História do Brasil. Atua na área de educação e é autora de mais de vinte livros infantis e juvenis adotados em escolas de todo o país, com títulos escolhidos para o Catálogo da Fundação Nacional do Livro Infantil e Juvenil (FNLIJ), para a Bologna Children's Book Fair e programas de leitura, como o Minha Biblioteca (Secretaria Municipal de São Paulo), o Kit Literário Cidade de Belo Horizonte e o PNLD 2018. Foi vencedora do Prêmio Barco a Vapor, edição 2006, com *Era mais uma vez outra vez*, considerado *Altamente Recomendável* pela FNLIJ e adaptado para o teatro em São Paulo e no Rio de Janeiro. Foi finalista do Concurso João de Barro (2001) e do Prêmio Barco a Vapor (2017). Ama museus, objetos e lugares históricos e acredita que conhecer e respeitar o passado é uma forma de construir um futuro mais sábio e consciente. Quer saber mais sobre a autora? Visite o *site* **www.glaucialewicki.com.br**.

A ilustradora

Nascida em Caracas, uma cidade venezuelana entre a montanha e o mar do Caribe, **Valentina Fraiz** atualmente mora na charmosa cidade de Pirenópolis, em Goiás. Seu estúdio é rodeado por um pomar com muitos passarinhos e outros bichos do Cerrado e fica próximo a um rio. É bem inspirador. Sua mãe era artista, e isso incentivou Valentina a desenhar desde pequena. Estudou Biologia na Universidade de São Paulo (USP) e começou a desenhar a natureza. Logo ela se deu conta de que era isso que queria fazer. Em 2006, se formou em Ilustração Editorial no Instituto Tomie Ohtake e, desde então, ela se dedica integralmente a essa atividade, ilustrando para jornais, revistas, editoras e projetos sociais.

Este livro foi impresso em papel offset 120 g, no miolo, e em cartão 300 g, na capa, em janeiro de 2021 na Gráfica HRosa, SP.